人生就像一场修炼游戏,也有自己的秘笈和攻略。
你了解,或不了解,秘笈就在那里,不增不减;
你相信,或不相信,攻略作用依旧,不生不灭。
如果你真的掌握它,对你而言,
财富、爱情、地位、健康,
神马都不是浮云……

水青 著

小女生
职场修行记

图书在版编目（CIP）数据

小女生职场修行记 / 水青著. -- 广州：花城出版社，2011.5（2024.5重印）
ISBN 978-7-5360-6213-9

Ⅰ. ①小… Ⅱ. ①水… Ⅲ. ①长篇小说－中国－当代 Ⅳ. ①I247.5

中国版本图书馆CIP数据核字（2011）第056211号

出 版 人：张　懿
特邀策划：郑裕敏
责任编辑：蔡　安
技术编辑：凌春梅
装帧设计：张红霞

书　　名	小女生职场修行记 XIAONÜSHENG ZHICHANG XIUXING JI
出版发行	花城出版社 （广州市环市东路水荫路11号）
经　　销	全国新华书店
印　　刷	佛山市浩文彩色印刷有限公司 （广东省佛山市南海区狮山科技工业园A区）
开　　本	880毫米×1230毫米　32开
印　　张	6.125　1插页
字　　数	170,000字
版　　次	2011年5月第1版　2024年5月第25次印刷
定　　价	39.80元

如发现印装质量问题，请直接与印刷厂联系调换。
购书热线：020-37604658　37602954
花城出版社网站：http://www.fcph.com.cn

目录 CONTENTS→ **1** 面试→ **7** 入职→ **11** 培训

14 技能→ **17** 神话→ **20** 劝诫→ **24** 试手→ **29** 恍然

32 实战→ **35** 苦战→ **39** 调整→ **43** 神婆→ **47** 福气

59 转运→ **64** 智慧→ **69** 种子→ **82** 生悲→ **86** 工友

90 兄弟→ **95** 师兄→ **99** 功过→**103** 好汉→**108** 孽缘

114 错爱→**119** 伤天→**125** 意念→**132** 情殇→**137** 纠结

141 妙音→**151** 和谐→**156** 宠辱→**162** 供养→**169** 愿望

176 为民→**181** 火花→**186** 众生→**189** 后记

一、面试

"下一位，陆晓兰！"

到我了，这是我的第 13 次面试。大学毕业，到深圳找工作，誓要打下一片江山才回去见江东父老，却屡战屡败，不是没有工作经验，就是专业不对口，或者是我这个三流大学毕业的，入不了别人的法眼，唉，小时候老妈请高人算我的八字，"二十三岁有不顺，终年福禄保平安。"看来是命里注定今年不顺，在弹尽粮绝之际，来到这家公司应聘，我要屡败屡战！

面试我的，是一位看上去比我大不了几岁的毛头小伙子，虽然西服革履，一本正经，却显得不那么老道，甚至是不那么熟练，比起前面 12 家公司的面试官，相去甚远，我咬了咬嘴唇，控制住自己没有笑出来。我想，他应该是这家公司老板的助理的助理吧。

坐下，轻轻地整了下衣服，等着对方的提问。

"Please introduce yourself."（请做下自我介绍）

"我，我，I，I'm graduated（我毕业于）…"

他刚一上来就是英语，让我不得不结结巴巴地作起了自我介绍，这才想起，我是来应聘外贸业务员的！我是学应用数学的（一个莫名其妙的专业），英语勉强过了四级，口语更是一塌糊涂，走投无路才到了这里，没办法，死马当作活马医吧。出门前临时抱佛脚，重新看了一遍网友整理的求职应聘速成，又在网上查了一下今天的黄历，貌似诸事不宜，我干吗不挑个黄道吉日来应聘？

"Do you have any experience in trading?"（你有没有贸易方面的工作经验？）

"No！"我无奈地摇了摇头，心里嘀咕，我刚毕业，哪来什么工作经验啊？

他又往我的简历上瞟了一眼，面露难色，抬起头，看样子是要跟我Say bye – bye 了。

我轻轻地叹了口气，想起命中注定今年不顺，难道真要流落街头不成？人家招的是外贸业务员，而我的英语水平，肯定是吃不了这碗饭的，况且又没有丝毫的工作经验，我知道，我跟这里的缘分，还没开始就要到头了。唉，又是一次有缘没分的应聘。

没想到的是，他将已经放下的我的简历，重新拿了起来，又仔细地看了看，说：

"做过学生会干部？"

谢天谢地，他终于肯用中文问我问题了。

"是的，而且组织过多次大型的活动。"这是我唯一的优势，我必须尽快地抖出来，否则，就真的没机会了。

"都组织过哪些活动？"他好像来了兴趣。

"歌咏比赛、话剧表演、义卖……"

"义卖？为谁义卖？"

"太多了，国内国际的各种大的自然灾害，我们都会组织义卖，然后将卖的钱捐到灾区去，有时还会送到养老院去。"

"养老院？你去过养老院？！"

"当然去过，都去过 N 次了。"

"N 次是多少次？"

"大于 10！"这绝对没说假话，去的次数肯定远不止 10 次。

"为什么想到要去养老院？"他随口问了一句，突然意识到这似乎是一个不太妥当的问题，改口又说："能具体说说养老院的事吗？"

"当然可以。其实他们中的大多数，并不是无儿无女的孤寡老人，他们中的大多数是有儿有女的，由于种种原因，住进了养老院。"

"种种原因？都有哪些？"

我不禁感到有些奇怪了，我是来应聘外贸业务员的，他怎么会对养老院有这么大的兴趣呢，难道这又是一个应聘的圈套？我应该已经是被PASS掉的人，他大可以直接把我随便打发了，犯不着啊。

"或许是他们的儿女工作太忙吧……"我一边想着，一边敷衍着他。我已经准备好了，等他礼貌地点点头，让我回去等通知，再然后，我接着准备我的第14次应聘。

"能不能具体说说老人们在里面的生活呢？"他的兴趣似乎还没有结束。

"哦，表面上不错，可实际上，实际上，嗯，一般吧。"我不知该如何回答。

"什么是表面上？什么是实际上？"

我愣了一下，不得不暂时收起了准备第14次应聘的打算，想了想，说：

"养老院的环境和硬件设施都不错，所以说是表面上不错。"

"实际上呢？"他不等我说完，就迫不及待地插了一句。

"其实，他们实际上是生活在一种孤独期盼的状态，等着他们的儿孙来看他们，含饴弄孙是他们最盼望的。"

"含……什么？"

"哦，就是拿着糖，逗逗小孙子什么的。"他的英文虽然不错，还有点美音的味道，但中文水平确实有待提高，我突然开始有些自信了起来。

"还等待什么？"

奇怪，难道他在想是不是老了以后，也住进养老院？

"等着社会上的善心人士或者政府的小领导们，去看他们，再有就是等着吃饭、等着看电视、等着打扑克、打麻将，他们基本上没有多少其他的活动，唱歌跳舞是有人来看他们或者逢年过节才会有的，外出活动好像是没有的，最后……"我下意识地顿了一顿，轻轻地说："就是等死！"

"啊？什么？等死？"他显得非常吃惊。

"是的，等死！前个月，502的老张头走了，儿女都没来，是殡仪馆

直接来拖走的；上个月，308 的刘阿姨走了，前一天都还好好的，还有说有笑，还在一起打麻将；上个星期，107 的老李头走了，抗美援朝的老兵，枪林弹雨地走过来，却没人送终，看着这些人一个个离去，剩下的每一位老人，都会自问：哪天轮到我？"

看得出，我的面试官被强烈地震撼了。直到很久以后，我才知道，原来，他的母亲就住在养老院里，但至于是什么原因住进了养老院，我就不得而知了。

"May I ask you a question please?"（我能问你一个问题吗？）

天知道我的哪根弦短路了，反正是已经没希望了，何不逗他一下？

"可以！"他似乎感到非常意外，竟忘记了使用英语。

想想他对养老院那么有兴趣，不知这里会不会是他的死穴？我有些恶作剧地想。

"你有多久没给你的父母打电话了？"我一字一顿地问道。

"我，我……"显然，他被这个问题镇住了，"是有好久没给父母打电话了，谢谢你的提醒，晚上回去就打。"我不确定他的这个反应，算不算是面试官的正常反应？

我突然发现，他对我的态度似乎略微有些缓和了。

在一阵短暂的沉默后，他拿起我的简历又看了看，说："谢谢你来本公司应聘，回去等通知吧，如果，在下周一没有等到我们复试的通知，那……"

"我就另谋高就。"不等他说完，我接了一句。

他笑了笑，点了一下头，站起来，礼貌性地伸出了手，然后，握手、再见。这是我印象最好的一个面试官，可能再也没机会见到他了，唉，当初为何不好好地学英语呢？临走时，把刚才坐的椅子归回原位，并摆正。

带着预料中的结果，准备离开这家迄今为止我印象最好的一家公司。

"喂，等一下，陆小姐。"在我快要走出门口的时候，他在后面大叫。

我回过头，惊奇地望着他，看看是不是我的手机或者钱包什么的落下了。

"你，你，你明天就过来上班吧，试用期三个月，试用期工资 4000

元,不包吃住,如何?"他一口气说完,略显急促的语气中分明带着些许的期盼。

我突然间不知所措,怔在那里,怎么会是这样一个始料不及的结果?一个巨大的馅饼从天上掉下,狠狠地砸中了我的头!老天,难道我就从此化蛹为蝶,从一个刚毕业的学生妹,直接升级成为都市白领?

见我怔怔的没有任何反应,他又说了一遍:"明天来上班!"是直接的祈使句,没有期盼或者咨询意味,是上级给下级下达任务的口吻,而且也不容商量。

"可是,我……"我不知道该说些什么,完全没有任何准备。

"公司8:30上班,别迟到了。"说完后,盯着我看,等我表态。

"好的,好的,我一定会准时到。"我忙不迭地答道。

一路兴奋回到已经住了两个多月的出租屋,却又开始发愁起来,明天我穿什么衣服,套装吗?唉,今天为什么不看看他们公司的女孩都穿的什么?还有,背什么包?要不要化点淡妆?

同时又想起儿时算命先生说的话"流年不顺,诸事不吉",虽然找到了工作,也要小心为妙,心里一阵阵恐惧袭来,未来还会有什么不幸等着我呢?我爱这个繁华的深圳,可是最怕夜晚,万家灯火时,一个人形单影只,像孤魂野鬼一样,活着是为了什么呢?人生的意义是什么?唉,想这么多,真烦人,反正多赚钱吧,等我有钱了,一切都会好的。

赶紧给老妈打了个电话,告诉她我已经找到工作,是白领了。老妈先是一惊一乍,然后就是喋喋不休的嘱咐,和往常一样,我拿着手机离开我的耳朵,举过头顶,让大花板去听那些我已经听过千百遍的唠叨。现在,我终于可以换一个心情了,打开QQ,把自己的个性签名"买朵鲜花,祭奠我那死去的爱情!"换成"Anything is possible!"(一切皆有可能),窗外飘来陈瑞的歌《白狐》,"我是你千百年前放生的白狐,看你衣袂飘飘,衣袂飘飘……"突然想起今天的面试官,难道我也是他千百年前放生的白狐,这一世又来救我一次?

正在我胡思乱想的时候,突然听到老妈在电话里大叫:"喂,喂?"我赶紧将电话放回耳边,老妈问我:"到了深圳,你的目标是什么?"我回答金钱和帅哥,老妈长叹一口气,说:"这么多年了,白白教了你那么多道理,你的那个大学算是白读了,我得去打听一下,可不可以退回学费。"我赶紧告诉老妈,我来深圳,真正的理想是事业与爱情,老妈说:"这才是我的乖女儿。"我很想问老妈,我的第一个目标跟第二个理想,到底有什么差别,没等我开口,那边已经挂了电话。

二、入职

第二天，我8：15分就到了他们公司，哦，是咱们公司，但却没见着昨天的面试官。我昨夜一宿都在想，他到底是什么职位？为什么年纪那么轻就有那么大的权力？是老板的亲戚？还是更有来头的人物？他有没有女朋友？想到这，立即强迫自己打住了这些胡思乱想，为什么我一见到顺眼的男孩，第一个念头就是他有没有女朋友？

今天是我第一天上班，是我人生中的第一份工作，好兴奋，好激动呢，我自己也可以赚钱了，以后要赚很多很多钱！加油，加油，陆晓兰！

先到人事部，交上身份证和毕业证书的原件，说是要验证，明天才能给我，我不由得一惊，他们不会以此为理由扣住我的最重要的证件吧？后来才得知，其他的所有人都是验完证后，才会通知入职，我是唯一的例外。之后，又填了一大堆表格，终于领到一张"入职表"，上面有我的工号、工位、应该到何处找何人领个人物品、入职培训……一大堆信息，下面还盖了一个章，不是我所熟悉的中间有一个五角星的圆形大红章，而是一个椭圆形的蓝色的章，内容是：恒华玩具（深圳）有限公司，人事部。拿着这张表，办完了所有的手续，领齐了物品，我也终于弄明白了，我即将奉献青春的，或者说我即将供职的，是一家港资企业，以生产销售玩具为主，我所在的销售部，是在市中心区，而在深圳的关外，有一家不小的工厂，其他的，以后再慢慢了解。

我在销售三部，连我一共22人，有七个是新招的，其他的六个在一周前就入职了，而我是最后一个，颇具特色的是，他们每个人都有一个洋名，不知是时髦还是工作需要。我们的头儿Connie，比我大三岁，泼辣、干练，南开大学高才生，是个不让须眉的销售英雄。Connie指派来教我，作为一对一结帮扶对的师傅——David，比我大一岁，刚进公司半年。Lena，深圳的土著，深大毕业的，其他的，慢慢再认识。

就在我坐在座位上，有些不知所措的时候，David过来，准备履行他的职责，看得出，他好像有些不太自在，应该是头一次干这活。

"你有英文名吗？"

"有，Rose！"我说完后，从他略略皱起的眉头看得出他对我的这个洋名不是很满意，但我不知这有什么不妥。

"嗯，Rose这个名字，已经有好多人都叫这个名字了，外一部和外四部，都有Rose，你能不能换个别致点的？"他依然还是有些不太自在。

"可你的David不也是一个超多人用的名字？"

"嗯，确实是。不过，在我们公司，这个名字就是没有其他人用，俗有俗的好处，嘿嘿。"

"Vicky，这个名字，可以吗？"这是大学时，外教给我取的名，但由于跟隔壁班的一个女孩撞名了，所以一直没用。

"好的，Vicky，给你介绍一下我们的公司，生产销售玩具的，有毛绒玩具、塑料玩具、电子玩具和搪胶玩具，我们销售三部，主要是负责电子玩具的销售。"

"什么是搪胶玩具啊？"这是一个挺新鲜的名词。

"我们负责的是电子玩具，其他的，可以暂时不用了解。"我上班的第一个问题就被驳回，这可不是一个好兆头。

"我们负责销售的产品，主要是儿童电子玩具，在正式销售之前，要对你进行培训，多久通过培训，就多久开始正式销售。通不过培训，我们老大曾说过，一个不合格的销售人员，就是我们对手派来的卧底，派来消灭我们的。"David的眼中，闪过一丝幸灾乐祸。

"我的英语不太好，口语更差，而且……"

"哈哈，别被吓住了，其实做一个普通的外贸业务员，不需要太多的英语，有普通高中生的水平，就足够了。"

"那需要什么?"

"勤奋和运气!"

"各占多少?"

"刚开始时,要八成的勤奋,两成的运气。"

"以后呢?还有,老大是谁?"

"那就刚好相反,两成的勤奋,八成的运气。老大就是面试你的那位,我们的营销总监,张小昊,就是一个运气超好的人。"

"他有没有英文名?他的运气好到什么程度?"

"有的,叫Jacky。他个人的销售业绩,基本上要占到公司总业绩的1/5,他的一个普通客户,随便甩给他的一个单,都够我干三个月。但他打球的时间,超过他在公司的时间。"

"他有没有女朋友啊?"比我前一周入职的Lena很兴奋地问道。

"唉,为什么每次有女孩进入公司,都会问这个问题,下次我告诉Jacky,再招聘时,桌子上放一块牌子,上面写着'本人已婚'。"

那么年轻的男人就结婚了,我闪过一丝失望。

"你的手机号码是多少?我把你的开机密码、MSN账号和密码发给你。"

"我已经有了MSN啊?"

"本公司的第一条纪律,除了公司提供的MSN和SKYPE外,上班时间不允许使用任何自己的通讯工具,尤其是QQ和微信!"

"第二条呢?"第一条已经让我有些不太爽了,不知还有其他什么。不让我用QQ和微信,简直就像不让我用手机一样,会憋死人的。

"其他的,在公共文档里都有,自己看吧,进入的ID(用户名)和PW(密码)和你的MSN的一样。在公司的专用服务器里,有外贸业务员所应掌握的全部技能,这是好几代外贸业务员总结出来的,你要全部掌握了,就相当于拿到铁饭碗了,还有销售三部销售的产品资料。"

"我学会了那些技能,你就能保证我不会被炒鱿鱼?"我有些不太相信他的这句话。

"铁饭碗指的是:端着这个碗,不管到哪里都有饭吃,而不是在这里吃一辈子的饭!"

这是我毕业以来，听到的最有价值的一句话，是的，我一定要学会一门不管走到哪儿都有饭吃的技能！

"我们应该掌握的所有技能，都是通过那些资料来自学？"

"那倒不是，外贸销售技巧，Jacky会亲自来教你们。产品知识，开发部的刘工会来培训你们。"

"老大会不会教我们如何获得像他那样的好运气？"

"那你自己去问他吧。"

三、培训

　　培训是在公司的会议室进行的，公司没有专用的培训教室，只是在会议室有空时，我们才能培训。参加培训的都是这次新招的销售员，包括其他几个销售部门的，共有20多号人，我一进去就不动声色地打量着，看看是否有顺眼的男孩。

　　哎！我为什么永远都改不掉这个该死的毛病？我当务之急是挣钱养活自己，而不是找男朋友！老妈的信用卡办了一个子卡，我用子卡，我刷卡，她还钱。我已经开始觉得这相当不应该了，我应该自己养活自己。

　　可是，N个师姐都说过："历史无数次的证明，干得好的不如嫁得好！"而且，她们能举出无数的案例，不管是演艺圈的，还是从商的，或者是干其他别的，无一例外。

　　还有师姐说过："长得帅的男人顶屁用，那张脸能当信用卡刷吗，而且还弄得人整天提心吊胆的。""来深圳的女孩都是现实的，深圳是一个没有爱情的城市！"可我还是觉得，应该找一个比较帅的男朋友，有没有钱以后再说，反正我也不急，况且，我长得也不难看！

　　Jacky已经早到了，在那儿调试投影仪，培训还没开始，我就已经看到了投影幕上的内容，在一个蓝底的、清淡的画面上，有这样三行字：

　　　　恒华（香港）玩具有限公司
　　　　外贸业务员培训
　　　　主讲：Jacky（已婚）

人到齐的时候，Jacky 开始了他的培训。

"欢迎大家加入恒华，这是给你们的第一次培训。希望在三个月后，还能再见到你们。"虽然说这句话的时候他满面微笑，但听起来却相当刺耳，因为公司的试用期是三个月，他这句话，隐隐约约有一丝威胁。

"为什么要写上'已婚'，是不是怕我们打你的主意？"Lena 开了第一炮。

"哦，是 David 让我加上的，就今天早上。想知道为什么，就去问他吧，说不定，你们应该比我更清楚。"他的回答相当的淡定，看来也不是吃素的，没有两下子，要当这群乌合之众的老大是不容易的。

"从今天开始，给你们培训的，是如何从一个 rookie（菜鸟），成为一个合格的外贸业务员！"

"报告靓仔，我不是 rookie，QQ 号还是六位数的，你的是几位？"Lena 看来是不会放弃任何一次引起 Jacky 关注的机会，也不管人家是否已婚。

"如果你不是 rookie，请你立即离开这里，要么立即开工，找客户、出单。要么……"虽然"卷铺盖走人"这句话没有出口，但大家都知道。

看来是这句话镇住了所有的人，Jacky 调整了一下站姿，接着说：

"外贸业务员，没有你们想象的那么高不可攀，只要你们具备了一个普通高中生的英语水平，就可以了，不用担心你们的口语，我们跟老外直接通过语音交谈的机会并不多，不管是电话还是 SKYPE，都是很少的，尤其是初期，几乎没有！"

他顿了一顿，扫了一下全场，发现大家都已经老实了，嘴角闪过一丝不易觉察的笑容。

"尽管对英语的要求没有你们想象的那么高，懂得日常的二三百个单词，加上初级外贸和涉及我们公司产品的专用单词，不超过五十个，顶多再加上金山词霸，就足够了，但是……"他的声音提高了好几度，"勤奋是最重要的，会远远超出你们的想象！"他的这句话，当时没有引起我的重视，直到两个月后，我才真正地明白，什么叫作勤奋！

"有一点，要先说明的是，我对你们培训的这些内容，足够你们在半年后，自己当老板！我们这个行业，至少有 20 个小公司、小作坊、小个体户的老板，都是我培养出来的，是你们的师兄、前辈。其他的，由老板亲自培养出来的，我的那些同门师兄弟，目前已经在全国各地当老板的，不下 30 人。所以，好多人都说我们这里是'外贸的黄埔军校'，老板是校长，我就是教导主任，张主任。我想告诉你们的是，以后当老板，那是你们自己的事，人各有志，但，有一个希望……"说到这里，他的语气突然变得柔和起来，"希望有朝一日，我们不要成为对头。"他又顿了一顿，将语气再次放低，"如果真的不巧成了对头，至少也希望不要成敌人。"他再次地顿了顿，语气更加柔和了，"如果真的成了敌人，至少也要堂堂正正的，在抢客户时，要凭实力，不要攻击诋毁，在照抄仿制时，不要连公司的 LOGO（标识）都一起抄了，能做到这点的，请举起你们的手……"他举起了自己的左手，做宣誓状，像克林顿宣誓就任总统一样，但他的右手下面，没有《圣经》。这是一个挺神圣的时刻，所有的人，都举起了左手，就是因为这次举手，改变了我的一生，最终没有成为公司的对头乃至敌人！

"那你为什么不自己做老板?"我终于忍不住了，问了一个问题，潜意识里，还是希望这个老大能记住我。

"因为，在我最落难最倒霉的时候，是老板帮了我，没有他，就不会有我的现在，所以，哪怕就是饿死，我也绝不做老板的对头！"他的这番话，不知是向老板表忠心，还是想给我们树立一个榜样，或者两样都有吧。突然，我想起师姐们的另一句语录："为什么好男人都是别人的?！"无论如何都不背叛老板，那么，也应该无论如何都不背叛自己的老婆吧。我偷偷地、狠狠地掐了一下自己的手，恨自己为什么那么不争气，老是往这方面想。

"今天是第一课，是介绍初级外贸的流程以及如何找客户，或者说，我们的客户都是从哪里来的，这是所有环节里最重要的一环！"他按了下手中的遥控器，PPT 翻了一页，我这才发现，这个 PPT 做得相当的不错，除了他想要表达的文字内容外，背景、色彩、对比、明暗，都相当的专业。如果这也是他自己做的，那他可真是一个全才啊！

四、技能

"首先，我先给大家讲一下外贸的流程。当然这个流程是分不同级别的，对于你们这些刚入行的初级菜鸟，流程是相当简单的。"说到这儿，他的眼睛瞟了一下 Lena，那意思是，每个行业刚入门的时候，都统称菜鸟，而不仅限于电脑网络技术，不过两周后我加了他的 QQ，竟然是五位数的，看来就是在电脑网龄方面，他也算得上是骨灰级的老鸟！

"刚开始做外贸，一般订单的量都不太大，所以也不太复杂。"他又按了一下手中的遥控器，PPT 换了一页，见上面有不少内容，不少人已经拿出纸和笔，准备做笔记。

"NO，NO，不要做笔记，这个 PPT 的内容，过会儿 copy（复制）给你们，认真听就好了。"我放下了纸和笔，认真地看着投影幕布，这时，Jacky 似乎也进入了状态，开始了正式的培训。

"首先，你们要取一个英文名，方便客户称呼你。千万不要以为跟小沈阳一样英文名字叫'XIAO SHEN YANG'很幽默。你们之前的一个业务员，外二部的，就是将自己的名字全拼作为自己的英文名，结果四个多月都没出单。后来大家一起帮她找原因，找来找去都找不到，她是最勤奋的，注册的 B2B 网站和发出的开发邮件是最多的，而且开发信也是无可挑剔的，但一个星期都没有一个询盘；后来不知谁给她建议了一下，是不是她的名字老外念起来太拗口了，让她改个名，结果我们给她取了个 Monica（莫妮卡），克林顿的那个实习妹妹就叫这个名，地球人都知道的名字。后来，她第二个星期就出单了，而且一直是外二部的销售冠军。唉，只不过现在已经是我们的对头，快成敌人了。

"其次，找客户，一般是通过三种方式：第一是 trade fairs（展会），包括广交会、香港春秋两季电子展、美国 CES 消费电子展、德国 IFA 柏林电子展，环球资源举办的上海、香港、迪拜、孟买电子展，等等，公司都会参加，不过这些目前还轮不到你们；第二是杂志上做广告，比如环球资源的杂志上做广告，但那个联系电话和邮箱，目前也轮不到你们；第三就是在免费的网络平台上找客户了，这是最经济最实惠的，也是目前最适合你们的方法。

"在免费的网络平台上找客户，又分为两类，一种是主动出击式，一种是姜太公钓鱼式。主动出击又分为两种，一是通过搜索引擎，比如，Google、Yahoo 等等，对相关的信息进行搜索，找出我们的目标客户，然后向他们发广告邮件；另外就是搜索相关的求购信息，看看有没有要买我们产品的，找到后，向他们发广告邮件，不过这种通常是那些大的付费的网站，目前也轮不到你们；姜太公钓鱼，就是找国内外的 B2B 网站，在上面发布我们公司的产品信息，然后留下你的联系方式，包括：电话、Email、MSN、SKYPE，然后就等着别人跟你们联系。

"第三，不管是主动的还是被动的，如果你收到了买方发给你的咨询邮件，那叫 inquiry（询盘）。inquiry 的内容，一般是想要了解产品信息和价格，这时你就要根据对方提出的要求，做出适当的回复。

"第四，如果对方对你的回复感兴趣，一般就会跟你就价格、数量进行协商，不过这个过程，很多情况下是在 MSN 或者 Email 里完成的。

"第五，双方谈妥了之后，你们就要做一份形式发票（PROFORMA INVOICE），简称 PI，这种发票是不用上税的，起形式上的作用，它的意义有点类似于采购合同，里面的内容，包括品名、数量、金额、付款方式之类。

"第六，客户确认 PI 后，然后打款到我们公司的账号。

"第七，确认款到账后，我们发货。

"这就是一个最简单的外贸流程，我所知道的大多数小的外贸公司、小的工厂、外贸个体户，他们的外贸活动，基本上都没有超出这个范围，这七种兵器你们要是用熟了，就能端着铁饭碗，吃遍天下了。"

"可以问一个问题吗？"Lena举起了手，看起来她比刚才规矩多了。

Jacky微笑着点了点头。

"在你的第六把兵器里，是要客户先打款给我们，然后我们再发货，那客户凭什么会相信我们？他们会不会要求我们先发货，他们再打款？"

Jacky点了点头："这就对了，这个问题才是比较靠谱的，大家注意啊，以后提问时，要先问问自己，看看这个问题靠不靠谱。是的，我们是款到才发货，做小规模的外贸时，我们是要求客户先打款，而且他们还要付运费，这是行规，所以我们报的价，是FOB价，也就是离岸价，再形象点说，就是出厂价，不管运费的。也就是说，他们得先信任我们。当然，做大了，有信用证，不过，这个你们目前还用不着。"

"那有没有，他们打了款，而卖家不发货的？"

"这非常少，毕竟绝大多数的卖家，是想做长久生意的。不过，双方都是一步一步试着来的，他们先下一个小order（订单），看你是否会及时发货，货对不对板，第一步的信任建立起来后，就会下一个稍大一点的order（订单），然后就可能是长期稳定的单，双方的相互信任是逐步建立起来的。比如我的一些客户，我就可以先发货给他们，三个月、半年再跟他们结一次，不过，你们现在还不行。"

我举起了手，也想问一个问题。在得到Jacky的点头示意后，说："坊间传言，你做外贸的运气特别好，是不是真有这回事？如果有这回事，能不能教教我们，如何才能得到好运？"会场爆发一阵大笑，我不知道，这是不是一个靠谱的问题。

Jacky依旧保持着微笑，不过好像更灿烂了些："我的运气确实比较好，从遇到蔡总那一天起，一直好到了现在，估计还会继续好下去，不过，这好像不在这个培训的内容里面吧。OK，that's all for today，明天请早！"

五、神话

我们的培训，分为两个部分：一部分是 Jacky 的外贸技能培训，另一部分是生产部的刘工对我们进行的产品知识培训。这部分的内容，大多数时间是直接上生产线，跟流水线上的工人一起，学习打螺丝、装板和检测，而比较复杂的焊接部分，只是了解就可以了，这样一方面对自己将要销售的产品有感性的认识，也知道从下单到出货，在生产车间里会经历什么样的环节，以及一定数量的产品，大约会在什么时间内能出货等等，不过我更感兴趣的，还是 Jacky 的培训，尤其是他如何得到好运气的培训。

Jacky 对我们的培训，应该来说是相当积极的，只要办公室有空，他就会见缝插针地把我们拉过去，继续讲解他的七把兵器，除了取个英文名字这个环节一下带过之外，其他的，他都作了非常详尽的介绍。一方面对他是越来越钦佩，另一方面，我也慢慢地自信起来了，原来做外贸，也不过如此。让我有些感动的是，他把我们这些新来的人，分别都单独叫到他的办公室，了解接受培训的情况，并给出相关的建议。但让我有些意外甚至是不太爽的是，我无意中在他的办公桌上，见到了他和他老婆的合影，那是一个非常普通的女人。唉！为什么好男人都喜欢找那些相当普通的人呢？

在最后一次的培训即将结束的时候，Jacky 让我们自由提问，我提出希望他能教教我们如何得到好运气，这得到了预料中的几乎是所有同事的热烈响应。Jacky 犹豫了一下，下意识地看了看表，然后就开始了他的培训。

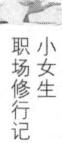

"我对你们的外贸技能的培训，这是第一阶段，已经基本上结束了，剩下的，就靠你们去实践了。当然，如果在半年后再能在这里见到你们，就会对你们进行第二阶段的培训，包括核算、运输、商检、信用证、报关、核销、退税等专业技能，至于你们反复要求的，所谓好运气方面的技能，我也可以谈一点我个人的体会，首先要申明的是，这不是公司正式培训的内容，你们可以当作故事来听，甚至你们可以把我下面要讲的内容，当作非常不靠谱的神话来听。

"可能不少同事都已经听到我的一些传言了，比如：打球的时间比在公司里的时间还要多之类的，确实，我在外面的时间是比在公司的时间多，但并不全都是去打球，打球主要是陪客户，那些非常重要的大客户，不过平均一个月也不到一次，我是深圳义工联的，我的义工号还是前一百位的，我不在公司的大部分时间都是在那儿。

"现在，我每个月都会把我收入的 30% 捐出，捐给全球各地的灾区和其他需要帮助的人，这是我的第一个秘诀。而且，蔡总每年都会把公司 30% 的利润，去做各种没有回报的慈善事业，我们公司在行业内虽然不是最大的公司，但却是发展最快的公司。

"蔡总认为，把钱捐出去，过了一段时间后，钱一定会从其他某个地方加倍回来，就是我们公司最大的、别人难以模仿或抄袭的无敌优势和核心秘密。

"我的第二个秘诀是，如果当初没有那些好心人帮我，我可能会走上另一条路，所以，从那时起一直到现在，我都会在我能力范围内，尽我最大的所能去帮助我能帮助到的一切人。

"就好像现在给你们培训，本是我职责外的事，应该是你们每个部门的负责人来对你们培训的。在我进公司时，就没有任何培训，老的业务员根本不愿教人，因为教一个人出来，就多了一个对头。当我吃尽苦头、慢慢摸索出来后，我就尽我的最大所能去帮助同事出单，去培训新来的同事，尽管真的培养了不少对头出来，但并没有妨碍我出单，从我进入销售部的第四个月开始就慢慢地出单，到了第十个月，我就是当时的出单冠军,当时的外贸部还没有像今天分成了四个部门。直到今天,虽然我有那么多的事要做,我依然还是出单冠军。现在我的普通客户给我的单,通常是以货柜为单位,而其他的同事,大都是以K(千套)为单位的。

"这就是我的秘密,以前我从来没有讲过,这次是你们一再要求我才说的。怎么样,对你们有帮助吗?"

……

"你那么好的运气,是因为神的保佑还是因为你的付出?"

"我自己是不是也是神造出来的?"

"我不信神,能不能通过科学方式证明一下神是存在的?"

……

叽叽喳喳的一大堆问题,Jacky都没有回答,等大家全都安静了,才说:

"你们的这些问题,已经远远超出了公司培训的内容,要是你们真有兴趣,哪天找个时间,换个场地,我请专人来为你们解答。还有,如果愿意,欢迎你们加入深圳义工联。有困难,找义工。有时间,做义工!"

我不知道我是否该相信Jacky的这个发财致富的秘诀?或者说我应不应该去尝试一下?我如果真的把钱捐出去了,回不来怎么办?我不至于去找Jacky要回来吧?啊,有了,我可以把我工资的10%捐给我妈,嘿嘿,即使这钱回不来,就好像那肉,即使要烂掉,也是烂在自己家的锅里。只不过不知道,我把钱捐给老妈,算不算Jacky说的那种捐款?有没有作弊的嫌疑?噫,不对,如果是作弊的话,那谁是考官?

六、劝诫

结束了培训，通过了并不是太严格的考核，我终于可以正式上岗了。但愿从今天开始我就是一名合格的销售人员，至少不要成为我们的对手派来消灭我们的卧底。

来公司半个多月了，每天都是在培训中度过的，我们部门的头儿，Connie，还没有正经八百地对我们训过话，估计今天该轮到她上场了，我甚至能感受到她的心情：嘿嘿，小样儿，终于到我了。

她并没有摆出一副传道授业解惑的模样，而是让大家坐成一圈，貌似一群普通的朋友在开 Party，然后开始了她的布道，让我感觉有些像她的就职典礼，或者是我们的成人仪式。但她的这一篇话之后，却又让我对她刮目相看，使我对她的景仰之情直逼 Jacky。

"欢迎大家加入这个团队，你们已经接受了公司的相关培训，并且也通过了考核，今天算是正式上岗了。在这之前，给大家说点注意事项，不过这些注意事项，并不代表公司的规章制度，公共服务器的第一个文档，就是公司的制度，相信你们应该早就了解了。

"我要给大家说的，是我个人的一些体会，不要求你们百分之百的理解和接受，仅仅是一家之言而已，仅供参考。

"首先，不要太相信那所谓的运气，Jacky 说的都没错，但那仅仅只是一方面，还有你们不知道的另一方面。Jacky 刚进公司时，公司还是一个只有 30 多人的小公司，他不像你们，都是大学本科，都过了四级，他是大专，而且是三流大学的自费生，学兽医的，当时的英语实际水平还赶不上现在一个普通的中学生。他进公司不是来做销售的，进来的第一个职位是流水线上的工人，然后是QC（质检）、维修工程师、采购、内贸销售、外贸销售，除了老板和开发部工程师这两个职位外，他基本上把公司的所有职位都干了个遍，当时他是一边在新东方学英语，一边学着做外贸。他做外贸时，除了吃饭和睡觉外，几乎所有时间都在工作和学习。由于时差的关系，我们的客户在上班时，刚好是我们休息的时间，所以他白天正常上班，夜里再跟客户们一起同步上班。当时的销售部，有一张床垫，白天卷起来，晚上摊开，他就在那上面睡，枕头就是几本书。冲凉和洗衣都是在厕所里完成的，我见过他当时给自己制定的时间表，每天吃饭、睡觉、冲凉、洗衣的时间，全部加起来，不超过七小时。

"为什么他的客户，大多数都是A^+级的优质客户，那是他用他的青春累积出来的。他视老板为恩人，所以干活非常拼命，他做采购时，在为公司争取最大利益的同时，也会尽量让供应商有合理的利润；他视客户为恩人，从不欺骗客户，总是尽最大努力满足客户的各种需求，甚至是一些分外的要求，而且经常会说服蔡总降价，主动为客户让利；他还视同事们为恩人，因为他觉得他要做的每件事，都离不开其他同事的帮助，当时公司的人不多，他经常请大家吃饭，虽然是路边的小摊，也会让大家很温暖，逢年过节，大家都会收到他的小礼物。"

Connie说到这里的时候，我注意到她的眼里闪过一丝留恋和向往。

"那你为什么不嫁给他啊？这么好的男人上哪儿去找！"Lena忍不住问了一句。

"我认识他的时候，他已经有女朋友了，他的教友。"

"那你是不是因为没有遇到比他更优秀的男人，所以才没有男朋友的？"Lena的这个问题有些离谱了，没等Connie回答，我决定替她解围："Connie，你信上帝吗？"

"我，我，不知道。我去过教堂几次，我挺喜欢他们那儿的真诚、友善的氛围，对他们真正无私的付出，我非常的感动。"

"Jacky身上的那么多美德，是不是因为他信教才有的？"

"这个你自己去问他吧。不过，虽然蔡总也是一个虔诚的基督教徒，

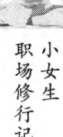

职场修行记 小女生

但他从不在公司宣传教义,也不会要求我们去教堂之类的,他是用行动而不是语言来感召我们,所以,在公司里,你们也尽量不要涉及到宗教,公司开发部的总工是虔诚的佛教徒,但他和蔡总、Jacky 都相处得十分融洽。"在表达了对 Jacky 的景仰之后,Connie 接着开始了她的一家之言。

"上班时间公司是不允许用 QQ 和微信的,为什么你们也应该心知肚明,我想要告诉你们的是,即使是下班回家,也尽量不要用 QQ 和微信,它会吃掉你们的青春。公司有一条不成文的规定,或者是惯例,从蔡总到 Jacky 到几乎所有的部门经理,最厌恶的,就是只管自己,不愿帮助别人的人,公司从不提倡和鼓励个人英雄,恃才傲物的,不管是销售冠军还是开发天才,都会被扫地出门的,我们最愿意看到的是那些愿意付出、愿意助人的同事,如果你们不具备这点,就可以不用来上班了,免得时间长了,大家有了感情,反而不好办。

"上网看新闻,最好在中午下班午餐前的 10 分钟看完,最好是看英文网站,顺便能巩固和提高自己的英文水平,还有,不要去关注那些无聊的八卦,这个明星出轨、那个歌星穿错了衣服,跟你们没有什么关系,唯一的关系就是这些无聊的资讯同样也会吃掉你们的青春;最能吃掉你们青春的,是'晚上下不了线,早上起不了床!'。

"三个月不出单,是非常正常的事,但是在三个月后,你们出不了单,就没有工资了。所以,如果你们真想吃外贸这碗饭,在头三个月里,就不要做月光族,尽可能地把钱存下来,留到第四个月、第五个月来花;

"要尽最大的努力来帮助你的同事出单,我虽然对 Jacky 说的那些,不是完全接受,但是尽自己最大的努力去帮助同事出单,确实给我带来了不少的好运气。

"无论发生了什么事,最不应该的,就是抱怨。不管是对公司、对上级、对同事,对客户,都尽量不要抱怨,公司里凡是抱怨多的人,都是干不长的,有心结是正常的,但要通过正常的渠道表达出来。

"你的好心情或者坏心情都会对你周围的同事造成不少的影响,所以,在公司里要经常的笑口常开,而不要一副'棺材板'相。

"最好每天都要写工作日志,今天你干了什么,联系了哪些人,收到了什么样的询盘或回复,等等,都分门别类地记录下来。刚开始会非常繁琐，如果你习惯了，就会发现工作日志是你最忠实最有效的助手。

"在培训时，教你们如何开发客户，介绍了几个搜索引擎和 B2B 的网站，那些是最常用的，但是基本上都被你们的前辈们扫荡过无数遍了，其实搜索引擎和 B2B 的网站相当多，你们最好多用一些冷门的，这样会增加成功率。

"你们会遇到各种各样的客户，其中可能也会有大大小小的骗子，要有心理准备。

"一定要心细，尤其是在做 quotation（报价）、计算汇率、运费的时候，等客户的款到了的时候发现出了错，就会相当的麻烦。

"不要一开始就想着，我只要遇到一两个大客户，就能翻身。所有的大客户都是从小客户做起来的，聚沙才能成塔，我们从来就没有见过，刚一上手就钓到大鱼的。

"永远不要欺骗你的客户，不管是在交货时间还是产品质量、产品性能方面，都一定要诚实。还有，不要多算客户的运费，尽管在这方面是相当的有利可图。

"最后要说的是，在刚开始时，虽然对英语的要求不高，但是如果你们真想通过外贸发财，流利的口语是必不可少的，随时能跟客户保持无障碍的沟通以及深厚的个人感情是非常重要的。晚上回家后，要在这方面下功夫，多听听美音的广播，至少要做到的是，多找些没有字幕的原版英文碟来反复地看。"

"Connie，是不是干得好不如嫁得好？" Lena 念念不忘的还是这个。

"在没有嫁好之前，还是先干好吧。况且，干得好并不妨碍你嫁得好！" Connie 很淡定地回应道。

七、试手

终于,我上岗了。打开 google.com,深吸了一口气,输入 electronic toy(电子玩具),八千多万条结果瞬间扑面而来,这里面,至少有万分之一的结果,可能就是我的潜在客户,那就有八千多,我们公司大大小小的客户加起来,也不超过八百个,那剩下的,或许就是前辈们没有扫荡到的。我已经看到了一沓沓绿油油的美钞,从天上掉下,而我就是那个"大富翁"游戏里的孙小美,捧着一个大盆,屁颠颠的,接啊,接啊……

管他有没有被扫荡,我从第一个链接开始,一一打开,确定是跟我们相关的,不管是买的还是卖的,统统将他们的 Email 地址 Copy 下来,贴在一个记事文档里,然后周而复始,就这样,正式开工了。

一天下来,终于收集了 800 多个 Email 地址,然后进入公司的售前服务平台,将这些地址统统输入进去,看看有没有被登记过。这是我们正式往外发出广告邮件前必须的过程,如果不经过这个步骤,真的有鱼儿上钩了,万一已经有别人先登记了,那就白替他打工了,即使你最终成交,提成还是给那个先登记的人。

结果马上就出来了,我输进去的 800 多个 Email 地址,已经全部被登记过!突然间,那从天而降的绿油油的美钞变成了大粒大粒的冰雹。

等我清醒过来时,才发现下面还有另一个页面,上面显示,其中的 600 多个 Email 地址,在三个月内没有人跟他们联系,也就是说,我还可以将事先准备好的垃圾邮件，都发给这些地址。还好，公司还是有人性的一面，规定一个从未成交过的客户，在三个月内没有人跟他联系，就算是无主的客户了，哈哈。

在发邮件时，我才发现了我上班以来遇到的第一个真正的难题，如何发邮件？

以前发邮件时，都是输入地址，写上标题、内容，有时还添加附件，然后，点"发送"，就搞定了。但那是发一封、两封，从来也没有觉得有什么麻烦，问题是如果发 1000 封，要发多久？光是发邮件一项，就能把人累死。而群发邮件，又受到了诸多的限制，据说我们公司的服务器，就因为群发邮件被封锁了三次，然后，大家都不敢了。

到了下班时，也才发出 300 多封，手都快要抽筋了，回到宿舍，照例还是给老妈打了个电话，她不是很明白发 Email 是怎么回事，我也懒得解释，照例还是将电话举过头顶，让天花板去聆听老妈的唠叨。

就这样过了两个多星期，开发信也发出差不多 10000 封了，但却没有收到一个询盘，而被对方系统自动退回的却有上千封，有些退回的邮件中，还要求我们不要再给他们发邮件了，甚至还有威胁的，如果再发，就如何如何，唉！

对于找 Email 地址再发垃圾邮件这个活，我开始有些丧气了，我决定试试 B2B 网站，跟我们这个行业相关的，有些名气的，有中国玩具网、玩具基地网、中外玩具礼品网、今日玩具、义乌玩具礼品网等等，打开一看，心又凉了半截，不，岂止是半截，差不多全凉了。在这上面发布信息，大都是要收费的，而且相当的不便宜，即使有免费的，也被我的前辈和战友们，扫荡过×次了。如果要看外商的求购信息，那更是必须付费！想想也是，要不然人家开个网站，靠什么吃饭啊？而那些更牛叉的网站，像环球资源、阿里巴巴什么的，那我是想都不敢想的。

皇天不负有心人，我终于在这个月快结束的时候，在一天之内收到两个询盘，第一个客户是非洲某国的，是当地的三大玩具经销商之一，在迪拜有办事处，他们对我们公司的所有产品都有兴趣，希望我能提供一份完整的 quotation（报价）。这封邮件写得相当的规范，语气、用词也十分的得体，我强压住内心的狂喜，找出公司 PI 的标准模板，将收件人

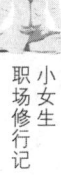

的信息改掉，然后在产品栏里填上我们部门能销的所有产品，按照数量为1K（千套），10K（千套），和100K（千套），给了三个价格，运费的那一栏空着，得由他订的数量决定。第二个客户也是非洲某国的，同样也是当地较大的玩具销售商，他是想到我们公司来实地考查一下，然后再下订单，希望我们能给他发一个invitation（邀请函），我不知道公司有没有现成的样本，这得问一下。我迅速地做好了PI，同时将这两封邮件一起，故作镇定地交给了Connie，由她审核，因为在实习期内，我们发出的所有正式的Email，都必须经她审核。

但我没有得到期待中Connie热情、鼓励的笑容，她当时那似笑非笑的表情让我终生难忘。

"Vicky，恭喜恭喜，第一次收到的两个询盘，就是两个骗子的询盘。"

"什么，骗子？他们能骗什么？"

她叹了口气，然后把我们新来的，全部召集了起来，开始了她的第二次培训。

"上次，我给你们培训时，本想讲讲的如何鉴别骗子，但还是想等你们碰到的时候再讲，这样会更生动些。

"首先，他们使用的Email通常是公共的Email，比如Hotmail、Gmail、Yahoo之类，不是以他们公司自己网站域名结尾的Email。你看你们的Email，前面是你们的名字，小老鼠后面就是公司的域名，他们通常没有自己的网站，你们想想，既然是一个非常大的经销商，怎么可能会没有自己的网站？

"其次，一般真正的买家，通常不会对你所有的产品感兴趣的，他们只会对其中的一部分感兴趣。

"第三，如果真是当地最大的几家经销商，他们通常是不会主动去联系一般普通的卖家的，早就有无数的大厂排着队给他们供货，而且，这些大厂只要一出新产品，就会以最快的速度送到那些大买家那里，甚至有些大买家还会直接参与厂家新产品的开发过程，完全了解设计和生产的进度，所以，自称为大买家主动上门的，多半靠不住。

"第四，一般的中小买家，发来的真正询盘，通常只有短短的两三句话，直接点出他感兴趣的产品，然后要你报价；正儿八经、循规蹈矩的询盘，一般只会出现在超过百万美元的盘子里，像你们目前这样鸡毛蒜皮的小盘，是不大会出现的。

"第五，要学会听语气，这年头，出钱的都是大爷，说话都是比较拽的，一般也不太会出现很客气的语气，当然也有例外的时候，那就是当他们收到货后，由于种种原因想退换货时，他们的语气会比较顺耳一些。而第一次打交道，就相当的客气和礼貌，多半不靠谱；"

"第六，非洲大约有四五个国家盛产骗子，它们分别是……"

"Vicky 的这两个询盘，全部符合上述的所有条件，那我们再来看看，如果我们给他们做了回复，这些骗子们下一步会做什么。第一个，你回了 PI 以后，他通常不太会讲价，只会象征性地提一下，然后就会告诉你，希望你能给他寄 samples（样品），由于他是大的经销商，下面的分销商自然不少，而分销商下面，还有更小的分销商，因为他要拿样品给他们看、给他们测试，他们才会给他下单，而只有他们给他下了单，他才会给我们下单。所以，他需要为数不少的样品，既然是样品，他是不会付费的！当然，如果我们真的给他寄了样品，结果会是什么，就不用我说了吧。

"第二个，应该算是没太多恶意的骗子，他只是想要拿到一份 invitation（邀请函），去拿中国签证，然后到中国来打黑工，而中国政府并不欢迎没有工作签证来华工作的外国人。实际上，如果是处在第三国，要拿中国的签证或绿卡，比拿美国的，难得多。其实，如果他真是当地大的经销商，我们这边的大的供应商，求都求不来，真要发邀请函，哪里还轮得到我们？"

"Connie，那我们为什么不能帮帮他呢，给他一份邀请函？这对于我们又不会有任何损失，你们不是总在提倡帮助别人吗？"我有些心不甘。

"要是他来了中国，做了违反中国法律的事，如果政府要查他是如何拿到中国签证的，到时你去搞定吗？在帮助别人的时候，一定要首先考虑的是，会不会有人因此而受到了伤害！"

"那如果我把这个 PI 发出去，会对公司造成什么样的损失？"

"如果不寄样品，就不会有损失。"

"我想试试。"毕竟这是我头一次做 PI，哪怕面对的是骗子，练练手也好。

Connie 耸了耸肩，双手一摊，让我自己看着办。

当时我就把 PI 发了，这引起了新来的这帮同事们相当大的兴趣，结果，在第二天，我就收到了对方的回复。正如 Connie 所言，果然是要我们寄样品，由于他有大大小小的分销商不少于 50 家，而每家都需要两到三个样品进行测试，所以，他希望我能将公司所有的产品，每样寄 100～150 套给他，当然，是免费的。

我服气了，对 Connie 服气了。

八、恍然

上班快一个月了,我除了收到两个骗子的询盘外,颗粒无收。Lena 更可怜,连骗子都没有碰到,其他几个新来的,有两个貌似已经收到真的询盘了,Connie 正在帮他们跟进。

我有生以来第一次领工资的日子,终于到了,Lena 她们管发工资叫作"出粮",这好像是广东这边的习俗。我曾无数次憧憬过第一次拿到自己挣的钱时,会是一个什么样的激动心情,是蘸着口水反反复复数来数去,还是其他更生猛的举动,可是领到的,却是一张招行的银联卡,密码是 888888,要去柜员机上自己更改密码,完全没有钱的感觉,倒像是参与了一场数字游戏。

第二个月的第一天,在公司的内部论坛上,出现了一个帖子,《外三部同事 11 月份工作记录》,发帖人是 Connie。打开一看,是公司服务器自动生成的数据,包括我们找了多少个客户的 Email 地址、发了多少封开发信、注册了多少个网站等等,所有的数据,我都是名列倒数第一,Lena 第二,正数第一是 Connie,第二是 David。只有这么一张数据统计表,没有评论,也没有跟帖。整个部门的空气瞬间凝固,刚刚适应了公司的环境,开始有说有笑的新员工们,又都深沉了起来。

我好像被一条鞭子狠狠地抽了一下,眼泪马上就下来了,整整一天,一句话都没说,埋着头、含着泪,拼命在网上找客户。甚至就是连中午休息的时间,我都没有放过。

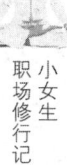

职场小女生修行记

但沉闷了还不到一周,大家又开始慢慢地活跃起来,而拼命工作了好几天的我,也有些挺不住了,跟着也松了下来。唉,这是我最大的毛病,我做任何一件事,都是有头无尾的,人家说良好的开端是成功的一半,可我却是,良好的开端,顶多只能做一半!

Connie 显然也意识到这些情况,于是,在《外三部同事 11 月份工作记录》这个帖子后面,她坐了自己的沙发,跟了一条:本部门将实行末位淘汰制,对于试用期内的同事,综合数据连续两个月排列最后的,将会提前结束试用期!

她又放了一个炸弹,威力比上一个大得多,上一个还仅仅只是看看你有没有羞耻心,而这一个,则是撕掉你的羞耻心,然后将你扫地出门!

我不寒而栗,真正地感到了害怕,就像在大二时,有两门功课已经补考了,如果再挂一门,那我的学位证书就没了,没有学位证,那前程都会少掉一大半!我记得当时我极度紧张,胃疼心口闷,手心会不住地出汗,那是一种刻骨铭心的感觉,现在,久违了的这种感觉猛地又回来了,而且,我在敲击键盘时,手指都有些不太听使唤,全身都有些难以察觉地颤抖。

如果我有生以来的第一次打工,就因为工作不努力而被炒掉,那将是这一生中最大的耻辱!还没毕业的时候,曾经在学校的礼堂听过一个报告,是我们学校汶川地震救灾的志愿者,在讲述他们的经历,说的基本上都大同小异,差不多都忘了,但其中的一段印象非常深刻。那是我们学校的一位老师,他说去的时候还雄心勃勃的,以为自己就是上帝或者是救世主,能够拯救一切,但刚到重灾区,腿就有些软了,他们的任务是每人背着 20 公斤的食物和药品,步行送到一个被垮塌的山体冲断了公路的村庄,其中的一段路非常危险,路宽不到 40 厘米,一侧是坡,另一侧就是悬崖,而在前一天,就有救援人员在经过那个路段时,发生了意外。他当时不停地发抖,非常害怕,不敢去,而他们的领队,一个退役的海军陆战队的军官,对他们说:现在国难当头,你们可以选择去或者不去,没有人逼你们,但是,如果在十年之后,当你们回首这一段往事的时候,你们希望得到的,是一段金色的回忆,还是一段灰色的回忆?后来,他去了,应该是得到了一段值得他终生为之骄傲的金色的回忆。

我难道会因为自己的懒惰，而得到让自己耻辱一生的灰色甚至黑色的回忆？！

我也曾经勤奋过，那是在中考和高考前，难道是命运使然，让我再勤奋一次？

下班回到宿舍，给老妈打了个电话，认真地听完了她的唠叨，然后将电脑里所有的游戏、小说以及相关的链接、收藏夹内所有的中文网站，全部删除，将QQ个性签名改为：本人已死，有事烧纸！

那个关于今年不顺的诅咒又在耳边回荡，难道真的就要发生了吗？我毕竟是受过高等教育的高才生，有些学习比我差的同学，现在都找到了很体面的工作，这是为什么呢？是勤奋努力，还是运气呢？勤奋和运气到底有什么关系？

给已经是某公司高管的师姐打个电话，告诉了她我现在的困境，再问问她是否有勤奋工作的秘诀，她却反问我：

"当时我们一起义卖、搞活动时，你为什么会那么勤奋？"

"因为那是一件非常快乐的事啊，所以不管再累，都干得很欢啊。"我不假思索地回答。

"那为什么上班就不勤奋呢？"她继续问。

"因为上班并不快乐啊！"

"快乐跟不快乐，是谁定义的？是我们当年的学生会主席，还是你们现在的老板？"

我无语。

"傻妞，快乐跟不快乐，是自己定义的！搜索客户，然后把他找出来，再把他搞定，然后白花花的大洋进了你的口袋，再然后，主管看你跟女王似的，当然，如果你玩输了，你就挂了，GAME OVER！这世界上，难道还有比这更好玩更刺激的游戏吗？当年我们玩CS时，我把你爆了，或者你把我干了，用的钱、挣的钱，都是假的，我们战队当年拿亚军的时候，你不是说，要是真的上战场，就爽了，现在，你不就是在战场吗？真的战场！"

我终于大悟，恍然！

九、实战

重新在电脑前坐好，然后默念："Three、two、one，Go！"（三、二、一，开工！）再次打开 google，再次输入 electron toy（电子玩具），仍然还是八千多万条结果，我不停地翻页，直接从第三千万条结果开始，越过那些可能被扫荡过的战场，开始了新一轮的战斗。

我终于没有那么害怕找客户了，如同在 CS 里，我端着 AK–47，既紧张又兴奋地去寻找那些既能让我上天又能让我入地的目标。

那天去车间拿样品，无意中发现了他们工作的一个流程，就是所有的工序都是流水操作，一个岗位只做一件事。原来，一件事情多次重复时，效率就会大大提高，而如果一个工位有两个以上的工序，速度就会大大地慢下来。原来这就是提高效率的最有效方法之一，为什么当初实习时没有发现！

我重新调整了我的工作方法，上午，只找潜在客户的 Email 地址，其他的事，一律不干，吃完饭后，上 washingtonpost.com（《华盛顿邮报》）看 10 分钟的新闻，然后，专发邮件。邮件发得多了，也能流水化操作，可以先一下子建 30 到 50 个新邮件，里面全都装好现成的模板，然后将记事本里的 Email，剪切、粘贴，速度一下子快了好多，而且，看着记事本里 Email 不断减少，也能生起小小的成就感。终于，我每天能发出八千封邮件！

晚上回家，吃饭、打电话、回 QQ 留言、洗衣……全部控制在 1 小时以内，其余的所有时间，都用来在 B2B 网站上，注册或发布信息，而且，坚决不把自己的时间消耗在那些已经被扫荡过无数次的、真真假假的求购信息上。

除了 google.com，我还用了 yahoo.com，Ask.com 等搜索引擎来寻找更多的客源，而在 B2B 网站方面，更是饥不择食，以前只是盯着有外贸的、有玩具类的，现在哪怕是某个省某个市的专业纺织的 B2B 网站，我都不放过，以前只看洋文的，现在是通杀。

两周后，我终于迎来了我真正意义的第一个询盘：来自奥地利的一个客户，整封邮件只有两句话，是对我们销售的其中两个产品有兴趣，希望报样品价和 1K 的价，通过他的 Email 后缀的域名，我看到了他们公司的网站。哈哈，我对那个网站有印象，他们留的 Email，为了不被垃圾邮件骚扰，中间的不是小老鼠@，而是一个#，我当时是把#换成@，才成功地将开发信发出的。看得出，Connie 比我还要兴奋，忙不迭地帮我做 PI，而不是让 David 指导我做，这让我生起了些许感动，她似乎比我还要希望我能出单！尽管我不是很清楚，我出单，对她有多少好处。

在这个月结束时，我有十个询盘，两个成交，卖了 14 个样品，月底综合数据排名第三，第一第二，还是 Connie 和 David，Lena 垫底，倒数第二是另一个跟我们一同进公司的新同事 Angus。没等 Connie 宣布，Lena 主动请辞，部门里没有欢送仪式，倒是 Lena 主动请新来的几个同事、她的师傅和 David，一起到中信广场的酒吧街里去喝酒，告别。

酒，一瓶瓶地喝，话，越说越多。

"Lena，下一步准备干什么？"还是她的师傅最关心她，教了一个不成器的徒弟，应该谁都不会好受。

"考公务员。"

"还是公务员好啊，旱涝保收，即使不是金饭碗，至少也是铁饭碗，也不会有什么让人过不去的鸟数据。"排名倒数第二的 Angus，也开始担心起自己的前途了。

"哪里啊，有的公务员比我们更不好做。我们只要自己做好能出单，就 OK 了，其他的啥都不用管，而公务员，首先是你自己得行，然后得要有人说你行，最后，说你行的那人，他自己得行！"David 不知从哪儿学了这些绕口令，不过似乎有些道理。

"公务员，你有关系吗？"我对 Lena 还是有些担心。

"我老爸的一个战友有市里的关系，但得先过了全国的统一考试，那是硬坎，只有过了，他才会有操作空间。"

"那在考试的时候，有没有操作空间？"我以前在上学时，考试就有相当的操作空间。

"唉，教室里都有监控，即使搞定了监考老师，他放你一马，但那摄像头不会放过你，在监控中心就能看到全市的考场，而且是全部录像的，即使当时没发现你，录像是保留三个月的。别想了，算了，算了，来，喝！"

"Lena，别喝了，你差不多了。"我有些担心。

"嘿嘿，人家是酒逢知己千杯少，我现在，现在是，酒逢千杯……知己少！姐喝的不是酒，是那该死的 Email 和 B2B，还有那该死的询盘和综合数据！"说罢，她开始大哭。

我骇然，这场景，就像 CS 里，刚一出门，就被一把沙漠之鹰爆了头，她的 GAME 才开始，就 OVER，挂了！

我信了，如同师姐所说的，这才是真正的"大富翁"游戏，真正的实战，真正的成王败寇！

突然想起我们那位去汶川救灾的老师，在结束他的报告时说的一句话："活着真好！"

现在对我来说："活着，没有被炒，就好！"

十、苦战

决定成败的第三个月开始了，如果在这个月我还没有像样的业绩，那就不能转正，那么就只有两条路可走：一条，直接卷铺盖回家；另一条，自愿延长试用期，既然是自愿，那就是没有工资的，有销售才有提成，而且要自愿延长试用期，还得经过 Connie 的同意，如果她认为你不是可造之才，就会直接让你走人。

我先花了两天的时间，把每天的所有活动，从早上起床到晚上睡觉，以分钟为单位记录了下来，才猛地发现即使我像上个月那么勤奋，我每天浪费的时间也至少两小时以上。于是我决定写工作日志，每天一上班，先订下当天的目标：至少要找 1500 个新的 Email 地址和注册 20 个 B2B 的网站。然后，以 30 分钟为单位，制订出这段时间内详细的工作流程，每天上班的时间是 8 小时，午休是 1 小时，可以利用半小时，下班回宿舍后，可以利用 3.5 小时，那每天可以用来工作的时间，就是 12 个小时，以 30 分钟为单位，每天就有 24 段时间可以用来工作，每一段时间，都有明确的工作目标，以及完成后的自我评估。

当我信心满满地实施自己的大计时，发现开始试行的时候，相当的不习惯，头两天自己就快要发疯了。于是我重新调整，还是 24 段工作时间，但每个时间段内的工作目标下调 50%，先让自己适应这种方式，过了一周，逐渐适应，然后再慢慢地增加。然而当增加到我认为合适的时候，身体却有些吃不消，每天晚上一点钟睡觉时，眼睛都会有发花发胀发酸的现象，头有些昏，胸口有些发闷，甚至有些想呕吐，指尖敲击键盘过多，都有些发紫，尤其是右手食指，按鼠标次数过多，又肿又痛，甚至有两天晚上，竟然趴在键盘上睡着了，心里只是咬着一股劲，一定要转正，千万不能像 Lena 那样，敌人的影子都没见着，就被爆了头！

我又接到了 7 个询盘，让我大为惊喜的，竟然有一个是来自深圳本土的，是中文写的询盘，深圳天宇拓工贸公司，对我们的三个产品有兴趣。

Connie 对这个询盘相当的重视，仔细地看了他们公司的网站，纯英文，但不是专做玩具的，玩具只占很小的一个比例，不过从网站的规模来看，应该是一家有一定实力的既做外贸又有自己生产的公司。在 Connie 的指导下，我回了邮件。当天就接到他们的电话，问我是否方便带样品去他们公司给他们看看，这是我上班两个多月以来，接到的第一个业务电话，不禁让我想起，当初 Jacky 说的，在做外贸的初期，口语是不重要的，因为一般不会有客户打电话来，哪怕是通过 SKYPE 打来的。

第二天一早，在新同事们羡慕的目光中，我带了样品，跟 David 一起，去天宇拓公司。这是一家不小的公司，光是接待室就有七八十平米，装修挺气派，我甚至还看到了三个老外被客气地请进了他们公司里面的房间，看来，买东西的才是老大，我们来卖东西的，有杯水给你喝，就不错了。

他们公司采购部的 MM 叫林虹（奇怪，她为什么没有英文名？），看来是天天跟各种供应商打交道，勉强挤出来的一点点礼貌，也掩盖不了那种高高在上的傲慢，如同我们每天打发那些上门卖保险的、办信用卡的一样，她似乎对这个产品并没有什么兴趣，只是在例行公事，问我们是否有 RoSH 认证（无铅认证）以及其他的相关认证，1K（千）、10K（千）、100K（千）的价格，交货期、售后等情况，我一一作答，David 偶尔补充一下。等到快结束的时候，出现了一点争执，林虹要把样品留下，而 David 要她付样品费，林虹则摆出一副随便的模样，虽然没有明说，但那张脸上写的是"你们不把样品免费留下的话，这生意就没得做了"。我看 David 搞不定，就赶紧给 Connie 打电话，Connie 明确告知，是否免费留下，由我自己决定，但如果以后没有生意做又收不回的话，我得按照公司的成本价，从工资里扣出。我决定豁出去了，将样品留下。

回来后，天天就想着这事，一直等他们的电话，一直等不到，我终于忍不住，给林虹打了电话，她相当漠然地告诉我，已将我们产品，重新拍了照（因为我们公司的产品照片，都用自己的 LOGO 打了水印），并将产品的功能以及其他的数据发给了他们的客户，正在等他们客户的通知。同时也告诉我，如果他们客户有需求，会主动联系我的。这句话的意思是，如果有需要的话，她会联系我的，否则我就不要去烦她。唉，客大了，就会欺店！等小姐我哪天坐稳了、做大了，然后就……想了半天，也没想出然后什么名堂来。

第三个月，终于快要结束了，我的心也悬了起来。这个月，20 个询盘，4 个成交，全都是样品，共卖出 32 套产品，但并没有所谓像样的单出来，不知能不能转正，如同当年高考结束后，焦急地等着发榜。

最先出来的还是那份统计数据，Connie 依旧第一，我第二，David 第三，这让我有点得意。上次排名倒数第二的 Angus，这次是倒数第一，但他却在这个月出了两个像样的单，一个 8K（千）的，一个 12K（千）的，是我们所有新人中的 No. 1，提成加工资，估计这个月少说也能拿 5000！"天道酬勤"这句话是谁发明的？为什么在这里不管用？

结果终于出来了，是由 Jacky 来开的盅，他宣布 Angus 和另外两个同事转正，包括我在内的四个人，如果愿意，可以自愿延长试用期，但必须要签订相关的协议。其他的，请另谋高就。天宇拓公司那边没有出单，而我又没有把样品拿回来，所以，要从我的工资里，将样品费扣除。

……

还是上次的那个酒吧，还是那样的气氛，甚至点的，都是上次的那些酒，小支的金威啤酒，六个人，一上就是四打，48 支。我也加入了狂饮的行列，我挺了命拼来的，竟然只是自愿延长试用期，NND，姐不干了！那个破协议也不签了！

"Angus，给大家介绍下，为什么你最不用功，却又出了两个大单？"David 问，他似乎有些嫉妒，确实，这是大家都想知道的问题。

"嘿嘿，没啥，没啥，运气好，运气好，无它。"Angus 嬉皮笑脸地回答道。

"确实每家公司都有这样的人，不勤奋，却有运气，没办法。Angus，你这个人到底有没有理想啊？"David 见他有些玩世不恭，不禁有些替他担心。

"唉，我没有理想，只有梦想，那就是睡觉睡到自然醒，数钱数到手抽筋；但我现实的人生却是数钱数到自然醒，睡觉睡到手抽筋啊！前段时间，遇到一条无人照管的小哈巴狗，见到我就拼命地缠着我，拼命地冲着我摇尾巴，踢都踢不走，就像我是他亲爹似的，看它那可怜兮兮的样，没办法，只好收留下了。从那以后，在月初的时候，我吃什么，狗吃什么；月末的时候，狗吃什么，我就吃什么，唉，什么日子啊……"

四打啤酒快要告罄的时候，Angus 跳起了舞，嘴里含糊不清地唱着，"咱老百姓啊，今儿个真高兴啊。"一歪一扭、跌跌撞撞的。

"从猴子到人需要一万年，从人到猴子只需一瓶酒啊。"David 似乎也有些高了。

"哈哈，不是一瓶，是十瓶，二十瓶……"Angus 摔在了地上，继续唱着他的老百姓。

我突然悲从心里起，趴在桌子上大哭了起来。Angus 从地上爬起，走了过来，拍拍我的肩，含混不清地说："Vicky 别哭了，就算是一坨屎，也有遇见屎壳郎的那天，所以千万不要放弃啊。"

十一、调整

醒来的时候，已经是中午了，不记得是如何回到宿舍的，也不记得吐了几次，头痛欲裂，满身的酒味，尤其是那些进入到胃里再吐出来的那种酒味，拼命地刺激着我的神经。手机响了好几次，不想接，甚至连看都没看，反正公司的一切，已经与我无关了，而其他的，好像又没什么跟我有关了，起床、冲凉，然后接着睡。我再次醒来时，已经到了吃晚饭的时间，点了快餐，才吃几口，吃不下，扔掉，继续睡。

天没降大任于我，照样苦我的心智，劳我的筋骨……

第三天早上，被猛烈的敲门声吵醒，Angus 代表公司来看我，这让我十分意外。

"大家都快急疯了，打你 N 个电话，你都不接，担心你有什么事。"

"哦，我睡着了，没听见。"拿起电话，47 个未接来电，其中有一大半是我老妈打来的，赶紧回了电话，说电话弄丢了，刚补了卡。再看看其他的未接电话，Connie 的至少有十次以上，我的师傅 David 也有九次，甚至连 Jacky，都打了三个电话，我突然有些莫名感动。

"现在感觉怎样？"Angus 的关心十分真诚。

"能吐的都吐光了，只差把肠子也吐出来了。"这确实是实情。

"想吃点什么，我去帮你买？"

"不用，不用，啥都不想吃，只想睡。"

Angus 闲聊了几句，就走了，一直没有提到公司，我也一直没问，不

过我确实也挺想知道 Connie 和 Jacky 给我电话，除了担心我出事外，还有没有其他的事？

来深圳将近四个月了，突然发现除了同事外，自己并没有交新的朋友，而且同事也是以前的同事了，除了在大学里就一直照顾我的师姐外，在深圳这座陌生的城市，我竟然找不到倾诉的对象。我发现自己开始冒冷汗，身体忽冷忽热的，给师姐打了个电话，问她该怎么办？

"你吐了那么多，要打吊针，补充液体和能量，马上就去！"

"哦，好的，去哪儿打啊？"

"你们附近有社区医院吗？"

"不知道，我没见过。"

"唉，我请个假先，中午下了班来看你，你为什么要这样啊？"

"我太失望了，拼了命才换了这个结果。"

"失败是不会死人的，但失望会！"师姐撂下了这句话，就挂了机，这句话强烈地震撼了我，是的，失望会死人的！大二时，失恋，然后失望透顶，差点自行了断，现在又是极度失望，虽然没有了断自己的念头，但对什么事都提不起兴趣了。

师姐陪我打了吊针，感觉好了些，回到宿舍，依然全身乏力，感觉胃依然不太舒服，而且头晕眼花。

"可能是你前段时间拼命地透支身体，现在苦果来了。"

"那我该咋办？"

"也许你该调整一下啦。"

"调整？哪方面的调整？"

"生理和心理都需要调。"

"生理如何调？心理如何调？"

"生理嘛，或许可以找个中医调整一下，我认识一个年轻神医，在梧桐山脚下，看病拿药，都是免费的。"

"什么？都是免费的，那他靠什么生活？"

"嗯，其实我也挺想知道，那位神医一家是靠什么生活。"

"那心理又该如何调？找心理医师吗？"

"说不定到时候你就明白了。"

突然又想起我们那位曾经去灾区的老师的那次演讲,他说当时的灾区有三怕,一怕余震、二怕堰塞湖、三怕心理医师。因为第一批心理医师对劫后余生的孤儿们说:要哭出来,哭出来要好受些。他们走后来了第二批,又说:不能哭,要坚强地面对,一切都会好起来的。第三批来了,先把前两批的统统否定,然后提出一种更新的方案,结果……

次日早上六点起床,马上打的去找神医。师姐说,神医虽然不收费,但每天只看四十位,多了不看,要拿号,一般是早上八点左右,号就已经拿完了。到了梧桐山脚下的大望村,果然是一个空气清新、山清水秀的世外桃源,原来神仙们都喜欢住在这样的地方。没费多少工夫就找到了神医悬壶济世的地方,一个普通农民楼的四楼而已,才七点多一点,就已经有十几位在等着拿号了。我13号,Jacky 和 Connie 都十分忌讳的一个怪怪的号码,在等待着神医看病的过程中,病友们互相传诵着与神医有关的故事,在汶川地震时,他俩夫妇作为志愿队员前往灾区,当他们所在的小组接到撤离的指令的时候,他俩依然留守,理由是,一定要跟灾民们在一起,有难同当;还有就是治好了 N 多的不治之症,包括一些全国的名人,多家大医院的要职人员,等等。他是学佛之人,深圳很多学佛的都认识他,管他叫许医生。

排队,等待,终于到了我,第13个倒霉蛋。我几乎是带着朝圣的心情去见神医的,见到的是一个清秀、有些消瘦的青年人,戴个眼镜文质彬彬不像神医,倒挺像中学的语文老师。神医把脉,详细询问了我的病情。

"没什么大碍,注意维持自身的平衡,吃两剂药,就可痊愈了。"神医边开方子边说。

"自身的平衡,指的是哪些?"

"对一切事情,都要适可而止,比如:情绪、饮食、工作,等等。"

"其他的都好理解,对于工作,也要适可而止吗?"我十分不解。

"我们所拥有的一切,都是有限的,要省着点用。"

"那我能挣多少钱?这辈子能吃几碗饭也是固定的?"

神医笑了笑,没有回答,把他开好的方子,递给了他的太太去抓药,然后,给下一个患者把脉。

他的太太，一个同样也是十分清秀的人，十分面善，很快地抓好了药，告诉我一些注意事项，其中的一条十分怪异：不能吃肉！至少是在吃药期间，不能吃肉，还不能吃葱蒜。我外婆信佛，她也不吃这些，他俩夫妇都是学佛的人，我不能确定是他的方子里有跟肉和葱蒜相冲突的药，还是在借机推广他们所信仰的佛教？

我一直都在留心，他们是不是真的不收费。我拿着药，有意磨磨蹭蹭，不愿离去，是想等他们暗示或者明示，我该付多少，但我没等到。终于忍不住了，问她太太，我该支付多少费用，至少应该为我手里拿的这些药支付成本吧？她太太淡淡一笑，说不用。然后转过身，忙其他的事去了。

从他们房间走出来的时候，我发现另一个房间在准备午饭。准备午饭的老人，看样子应该是神医的父母，饭菜已经上齐，就等他们来吃了。我好奇地看了看，想知道神医是吃什么来保养自己的，一盘炒菜心、一盘炒豆腐干、一碗萝卜汤。全素，清汤寡水。我有些发呆了，眼眶潮湿，想哭，我倒了回去，隔着好几个人，给神医——许医生，深深地鞠了一躬。瞬间我突然醒悟，许医生不光是开药给我做生理上的调整，他们夫妇的行为，似乎是对我在做心理上的调整，我从来没有见过什么伟大的人，我也不知道许医生夫妇算不算得上伟大，但他们让我相信了，这世间上，生活着一群我从小就听说过、但没见到过的、像毛主席所说的白求恩一样的人，那种毫不利己、专门利人……的人！

十二、神婆

下了楼,阳光灿烂,心情一下子轻松了下来,身体似乎也畅顺了不少,感觉到饿了,那天狂吐之后,我已经有两三天没有好好地吃东西了。路边找了个小饭馆,美美地吃了一份炒河粉,开始盘算如何回去了。四处张望,看看是否有公共汽车站,不料却被眼前的梧桐山吸引了,雄壮高大而又不失温婉秀丽,早上还听一个病友说,这里的山泉水清冽甘甜,是用来泡茶的上等好水,决定过去看看。

到了山脚下,没有发现泉水,却看见了一间挺别致的小木室,外面,一个妇人在看书,她面前的桌子上,放着茶具。我有些好奇地望着她,她抬起了头,看见了我,然后满面微笑地向我招招手,示意我过去。我走过去,还没坐下,她开了口:"晓兰,我等你好久了。"

我惊得差点跳了起来,她轻轻地扬了一下头,眼睛往我面前的椅子望了望,示意我可以坐下,我机械地坐下了,心里在飞快地盘算,她是谁?为什么要等我?

"我等你好久了,算算也该是今天来了,所以我才在外面看书。"她边说边递给我一杯茶。

我不敢喝,不知她是谁,甚至不知她对我有什么企图。

她似乎看穿了我的心,没有勉强我,也没再说什么,放下了书,静静地喝茶。她的年龄、神态,甚至连那副眼镜,都极像《黑客帝国》里,说尼奥是救世主的那位神婆。

"您……您认识我吗?为什么在这里等我?"我忍不住开了口。

"哦,我等你好久了。"

"有多久?为什么?"

她放下了手中的茶杯,扬起头,缓缓地说了起来……

"小学三年级的时候,想学小提琴,结果学了不到半个学期,就不玩了。到了四年级,见到好多小朋友在弹钢琴,缠着妈妈买了一台,结果不到半年,嫌苦嫌累,又不想学了。妈妈逼你练琴,还大发脾气,用一个茶杯狠狠地砸了钢琴,你可知道,妈妈有多伤心,钢琴上那个被砸的痕迹,现在还在吧?

"小学六年级,在那个刚考上中学的暑假里,偷偷从爸爸的口袋里,拿了一些钱去买礼物送同学,结果事发,被狠狠地揍了一顿,那应该是整个青少年时代,最惨烈的记忆吧?

"初二,跟你妈大吵一架,离家出走,要不是你舅舅在车站把你找到,现在的你是什么样就不好说了。

"初中毕业,不愿读离家近的重点中学,却想考一个离家好远的普通中学,只因你想跟你们班上的一个小帅哥考同一个中学,无理的要求被你老爸驳回,你还大哭了好几天。

"高中,嘿嘿,可丰富了,我就不说了吧?

"高考时,刚进考场,却发现没带准考证,结果响着警笛的警车拉着你飞驰回家,再赶回考场时,已经开考十分钟了。

"大二,你男朋友跟你上铺的暧昧被你发现了,那天晚上爬到楼顶去,想干什么来着?数星星啊?

"大三,累计已经两门功课补考了,如果再挂一门……所以,用了点非常手段才涉险过关,是吧?

"传说,大学里有棵大树,很高很高,它叫高数,有很多人'挂'在上面……这段写在你们宿舍墙上的经典名言,你的大作吧?

"前几天,遇到一点点挫折,就大醉,何必呢?何苦呢?

"好了,先说这些吧。"

我浑身发抖,抓起桌子上的茶杯,狠狠地喝了一大口。她给我加上了茶,微笑着望着我。

"我就没干过一件好事？"我既羞愧又不满。

"当然干过，不少。虽然你经常跟你妈吵点小架，但你对你的父母还是挺孝顺的，而且，你对你的外婆非常好，也不枉了小时候她带你的那些年。从开始懂事到现在，你都很愿意帮助别人，大学里组织的那些义卖、到养老院看老人……这些，都是很好的。"

老妇人的这番话，听得我脊柱发凉、汗毛竖起，怔怔地盯着她，冒出一句："你是人，还是？"

"如果你不害怕的话，认为我是鬼也行，我叫赫拉。"

"你怎么知道那么多？你等我，是为了什么？"

"我为什么会知道那么多，以后你会知道的，至于为什么会等你，那是因为我跟你有缘，今天是第一次，后面还有五六次吧。"

"什么，连我跟你见几次面都是有定数的？"我非常吃惊，突然想起许医生的话，"我们所拥有的一切，都是有限的。"

赫拉点点头，算是回答。

我不知我该对她说些什么，发现她刚才在读的那本书，是一本佛经。

"你也信佛？"

同样也是点点头，还笑了笑。赫拉也信佛，我对她有些亲近起来。我对有宗教信仰的人，挺有好感，他们都挺善良，都愿意帮助别人，只是对信佛的人，却总感觉有点怪怪的，他们的规矩太多，这也不能吃，那也不能做，如果没有这一大堆条条框框，我倒是挺愿意多了解一些的。

"真的有佛，或者上帝吗？"

"人类历史发展到今天，你认为是否会有一种理论，可以二千多年来连续不间断的欺骗人们？而且被骗的人，越来越多？"赫拉反问，并不直接回答，却又回答得相当的不容置疑！

"有没有一种明确无误的、可以在任何时空多次重复的方式，来证明他们的存在？"我知道，一切靠谱的理论都是可以 N 次重复，并且每次都能得到相同的结果。

"那有没有一种方式，可以证明他们并不存在？一种明确无误的、可以让任何有正常思维能力的人相信的方式？"赫拉重复着我的话，继续反问我。

"他们真的会帮助我们吗?"

"是的!"

"我求过菩萨,也去过教堂求过上帝,但没有一个管用,为什么?是我不够诚心吗?"来公司的第二个月,就在 Jacky 的鼓动下,去过两次教堂,而且在心里偶尔也会冒出菩萨保佑之类的话语。

她无语。

"为什么好人没好报,恶人逍遥得不得了?"

依然无语。

"汶川地震的时候,他们都在哪里?你不是什么都知道吗,为什么不回答。"

"晓兰,你的这些问题,肯定都会回答你的,但不是现在。"她的语气一下子柔和了好多。

"那你在这里等我,就是为了告诉我,你无所不知,而且有些东西知道了也不告诉我?"

"不是,在这里等你,是你跟某些智慧的缘分成熟了,该我来告诉你。"

"什么?该你来告诉?谁定的?是什么样的智慧?"

十三、福气

"你最近好像有些不太顺吧,想不想转运?"赫拉没回答我,却抛出了一个相当诱人的话题。

"当然想,太想了。"我拼命点头,似乎有些明白,她在这里等我的目的,就是要告诉我,如何转运。

"其实,个人的成就,主要取决于福气。有福气的人,什么事都顺,没福的人,什么都不顺,我有一个朋友,叫强子,他曾经给我讲了些关于福气方面的故事,愿意听吗?"

没等我回答,赫拉就开始转述强子的故事:

"强子在读书时,经常狂饮烂醉。曾有一个长辈告诉他,老天给一个人的福气,每人都不一样,是有定量的,用完了,人就挂了。就像酒一样,也是有限量的,一下子喝完了,以后就没得喝了。比如,给你的是40缸酒,如果你在年轻的时候把它们喝光了,老了,就没酒喝了,在这方面的福气,已经消耗完了,其他的,包括财富、健康、家庭等等,都是一样的,有限量的。他听了这句话后,觉得非常不靠谱,认为如果将这个理论推而广之,那么,老天既然给一个人的酒是固定的,钱也应该是固定的,其他的任何享受也都是固定的,那人还奋斗个屁啊!

"毕业后,强子离开家乡到了其他地方,由于气候及其他原因,酒比以前喝得少多了,几年后再相聚时,当时跟他一起狂饮烂醉的还留在老家的同学、朋友,有好几个身患重病,胰腺炎、糖尿病、三高……反正,

在聚会时,他们只能望着酒杯苦笑,没得喝了,还有一个,直肠癌,英年早逝。

"难道,他们已经将老天爷给的酒提前喝完了?

"强子在外地,奋斗了几年,做点小生意,过得不好也不坏,但对赚钱,却越来越迷糊了:究竟什么样的人才能发财?

"勤奋的人就能发财?那还有谁比民工更勤奋?

"聪明的人就能发财?至少他认识的有钱人好多都不是非常聪明,甚至有些是严重需要提高智商的人。

"学历高的人就能发财?肯定不是,在很多地方,小学没上完的大老板,有很多。

"有关系有背景有门路的人,就一定能发财?不一定吧,这类人是有发财的,但倒霉的也不少。

"归根结底,似乎条件只有一个,运气好的人,才能发财!

"那,这运气,从何而来?

"难道,又是那如同魔咒般的'福气'?

"在外地那么多年,有两类人让强子印象极其深刻:一位是他的同行,2003年他准备上一个项目,当时那个项目几乎是整个行业要淘汰的,差不多是谁上谁死,强子当时对他也是极力劝阻。他既不懂技术、也不懂销售,也没有什么得力的助手,甚至,当时他还没多少钱,可是他上了那个项目,又找到了一个相当能干的助手,那种可遇不可求的助手,现在是做得相当的有声有色,几乎成龙头老大了,简直差点让强子气绝!

"另一个朋友,无丝毫生意经验,甚至没有做生意的兴趣,可偏偏就有人,不断地找到她做生意,推都推不掉,而且每次做都是大赚。

"还是一个朋友,几乎是做一行,黑一行。最离谱的是,强子他自己的一个项目,所有的准备工作都已经做好,前面的人做,有钱赚;后面的人做,有钱赚。而且对人的要求不高,几乎只要是一个人,就可以了。问题是,到了他做的时候,就是不停的亏,只要一换人,马上就好,简直是不可思议!"

说到这里,赫拉停了下来,望望我,说:"你相信强子说的这些吗?"

这个问题我从来没有考虑过,不过似乎有些道理,吊儿郎当的 Angus，第二个月的数据是倒数第二，第三个月是倒数第一，可这并不妨碍他出单和转正，我差点把命都拼了，结果却落了这个下场。

赫拉见我有些发怔，接着说：

"其实，我们的传统文化早就说明白了，福气是存在的，而且每个人的福气，有相当的程度，是与生俱来的。比如，你要是出生在某个富贵之处，还在娘肚子里的时候，就会比别人受到更多的恭敬；要是出生在香港半山，为你准备的一切足够一个普通人生活几辈子，要是出生在一个朝不保夕的农民工家里，那……

"同时，传统文化也认为，福气是可以被消耗的，也是可以增加的。换句话说，福气如同一张有时间限制的信用卡，提款的时间到了，你就可以提款，如果卡里没钱，就提不了款，当然，福气也是可以充值的。"

"那么，这张信用卡是如何被刷掉的？"我问。

"一切形式上的财物和享受，都是在刷卡。比如，上个月和前个月，你的那个并不怎样勤奋的同事，拿到了提成也转了正。这说明，他的那张卡上，有余额，而且提款的时间到了。同时，他得了钱、转了正，卡上的余额就少了些。

"这也说明，为什么有些人会莫名其妙地发财，而有些，拼了命也只能穷苦一辈子。同时也说明，有的人，在某一段时间，拼命地努力，就是一穷二白，而在某一个不经意的时候，开始发财了，这就是说，他的卡上余额是足足的，但提款的时间还没到。

"至于用什么样的方式提款，每个人都不一样，有的是中彩票，有的是做生意发了财，有的是赌博，有的是贪污受贿，等等。

"当然，既然是卡，可以被刷掉，也可以被充值。来看看生活中的例子吧，有的小孩子，一出生，就受到了爸爸、妈妈、爷爷、奶奶、外公、外婆的千般呵护，传统文化认为，小孩子孝顺、服侍长辈，他的福气卡就会被不停地充值，等他长大了，卡上的余额越多，他就越有出息；如果反过来，他的长辈一直服侍他到成年，那他的福气卡就会被刷爆，余额很少，甚至为负数，长大了，没有福气，也就没有出息了。香港的富豪们也深知这一点，虽然他们的孩子会享受各种优越的环境，但同时也会有意让他们孝顺长辈，学会吃苦。李嘉诚的儿子李泽楷，曾经在麦当劳卖过汉堡,在高尔夫球场做过球童……类似的案例还有非常多。他们这样做,就是不希望孩子过早地将福气卡刷爆,同样是希望孩子往福气卡里充值。

"出名也一样,每出一次名,福气卡就被刷一次,出的名越大,福气卡就被刷得越厉害。不信看看,不少明星,一下子突然火爆,又一下子突然沉寂,不是因为他们做错了什么,而是因为出名太快太大,福气卡被刷爆了。

"同样有一些明星,他们是常青树,似乎福气卡永远刷不完,要不你再看看他们平时的行为,他们是在努力为自己的福气卡充值。

"其实,不光是发财需要福气,我们想要做的一切事情,都需要福气,如果没有福气,任何事都做不成。比如,要找个好的工作、如意的伴侣、创作一部好的作品,等等,都需要相应的福气。

"强子告诉我的故事中,有一个是比较另类的。他的另一个朋友,穷困潦倒,无论是在单位上班、辞职打工、做小本生意,等等,都没有一样能长久的,有天决定铤而走险去博一把,经过多次踩点后,决定在一个相对比较偏僻的路段实施抢劫。在他行动的那天晚上,发现了一个衣着时髦的单身女郎,冲上去准备抢包的时候,那个女子一转身,手里握着一把枪,旁边好几个便衣一拥而上,立即就把他拿下了。原来是那个地方经常发生抢劫案,他遇到公安设伏了。这就是没有福气的典型。

"我们一般都不太明白,我们自己的福气卡里,究竟还有多少余额?所以,在享受的时候,要悠着点,不要一下子把卡刷爆,还要尽可能往自己的福气卡充值。如同做生意一样,要懂得开源节流!"

"那福气卡如何充值?"我对赫拉说的这些,突然有了兴趣。

"真诚地做一切事情,时时帮助别人,处处为别人好,这就是充值!"

"那这个值,充进去后,多久可以提现?还有,是不是,充一元,取一元,有没有利息?"

"充进去后,多久提现,是一个非常复杂的问题。有些人充了,三个月内就可以提现,也就是,三个月内就转运了,有的要三年,有的要三十年,有的需要更长的时间。如你所说的,好人没好报。不过有一点是肯定的,绝对不是充一元得一元,进多少出多少,这样的生意谁会干?

同样的钱，不同的充值方式，会带来不同的回报。"

"那都有哪些充值的方式？"

"这是一个非常复杂的问题，以后再给你细讲。"

"那，啥都不告诉我，你这次等我究竟有何意义？"

"这次等你，其实就只有一件事……"赫拉喝了一口茶，一字一顿地说："我要教你一种方法，最快、最猛立即转运的那种充值方法！"

赫拉把茶壶里的茶倒掉，重新换上新茶，我这才细细地品尝了一下她的茶，果然清洌甘甜，满口生香，但我对茶不懂，不知那是什么茶。

再给你讲个故事吧，赫拉一边品着茶，一边说。

"从前，嗯，应该是好久好久以前，有一个女子，非常的穷，是个乞丐。她的全部身家只有两文钱，她知道自己穷是因为自己没有福气，而没有福气的根本原因不是老天爷厚此薄彼，而是她以前付出得少，也就是说她的福气卡上的余额接近于零，于是，她就将仅剩的两文钱，全部捐给一座庙里，结果庙里的老方丈亲自为她祈福，没过多久，她嫁进了皇宫。后来，为了感恩，她带来了很多的财宝，又捐给了那座寺庙。这次，老方丈却没有出来，只派了一个小沙弥来为她祈福，她非常的奇怪，找到了老方丈，问为什么以前只捐两文钱，老方丈会亲自为她祈福，而这次捐了那么多的财物，却只派了一个小沙弥来打发她？

"老方丈说，当时的两文钱，是她的全部财产，如果不亲自出来为她祈福，不足以报答她布施的恩德，而这次非常多的财物，仅仅只是她现在财产的极少一部分，所以，派小沙弥来，就足够了。"

赫拉说完这个故事，静静地看着我，问："有什么感想？"

"是不是心越诚，效果越好？"想想，似乎不太妥，人家带了大批的财物，心还不诚？

赫拉不置可否，接着说："还有一个故事，现代的，就发生在我们深圳，而且发生的地点离这里并不远，就是这座梧桐山的那一侧，弘法寺。

"在九十年代初的时候，有一个搞基建的小包工头，本来是有上千万身家的，可由于各种原因，钱越来越少，最后只剩下二十多万了。这点钱对他来说，别说是用来做生意翻本，就连照顾好他的家人和手下的兄弟们都不够了，他也是信佛的，他的师父就是弘法寺的老方丈，本焕老和尚。老和尚在海内外有好几百万的弟子，大富大贵的不少，他是希望老和尚能出面，随便让他的一个弟子，拉他一把，他就能翻身。但老和尚并没有这样做，却给了他一个惊人的建议：让他把他手头上所有的钱，统统捐出去，利益他人，一个子都不要留！那个小包工头，在震惊之余，几经挣扎后，出于对师父坚定的信心，把他的钱，果真是一个子都没留，统统地捐了出去，就在他四处借钱吃饭的时候，莫名地就有人找他做工程，莫名地就有人找他合伙……现在，他已经是深圳数一数二的房地产开发商了，而他，出于对他师父以及弘法寺的感恩，在弘法寺很多大殿的门口，都会有写着一些祝福语的牌匾，落款是他们的公司。而在弘法寺能有此殊荣的，到目前为止，好像也只有他一家，这个故事，深圳很多学佛的人都知道，他们都尊称那位老板为师兄，而不是某某总，如果你有兴趣去弘法寺，就能看到那些牌匾。"

赫拉说完了，盯着我看，我能读懂她的眼神，她是在问我，有什么感受。

"我明白了，最快、最猛、最能立刻转运的方法，就是把自己的财产全部捐出去，不管多少！"我猛地发现，赫拉已经为我打开了一扇新的窗口。

赫拉非常满意的、很肯定地点了一下头。

"可我才工作三个月，而且已经失业了，并没有什么财产啊。"

"你的工资卡上，不是还有两千多吗？"

"什么？你连这个都知道？"

赫拉微笑，没有回答，我却感觉有些毛骨悚然，坐在我面前的，是人、是鬼或者真是个菩萨？

虽然我明白必须自己先有付出，才可能会有收获，但我却有了更多的疑问，我决心把困扰我很久的问题，问个明白。

"我以前的主管Jacky，说把钱捐出去就会有好运，跟你说的差不多，我想问的是这个道理是谁规定的，或者说是谁发明的？"

"地心吸引力，是谁发明的？或者是谁规定的？"赫拉总喜欢反问我，或许她是想通过这种方式来启发我的思维。

"是牛顿发明的！"

"是他发明的？"再次反问。

"是的，他坐在树下，有一个苹果从树上掉了，砸在他头上，所以就被他发明了。"

"那他发明这个地心引力之前，这个地心引力就不存在了？他发明这个地心引力，也才两三百年，在此之前的人们，难道就生活在没有地心引力的环境里？"

"啊，好像应该是他发现的吧。"我在努力地思考"发明"和"发现"到底有什么关系。

"牛顿没有发现地心引力前，地心引力是否存在？"

"当然存在。"

"牛顿在英国发现了这个规律，在英国管用，在中国，管不管用？"

"当然管用。"

"这个规律是二百多年前发现的，那二百多年后的现在，管不管用？"

"当然管用。"

"那么在两千两万年后的将来，管不管用？"

"当然管用。"

我不明白，她为什么会啰啰嗦嗦地问这一大堆无聊的问题。

蓦地我灵光一闪，明白了。

把钱给出去，而钱一定会回来，而且可能是加倍地回来，这个道理，它其实就如同地心引力一般，它一直是存在的，不会因为时代、信仰、地域、国家的不同而不同，这是一个自然的规律，跟宗教没有关系。

"那既然把钱给出去，钱就能更多地回来，还求神拜佛干吗？"

赫拉没有回答，却又问了我一个奇怪的问题："被子会发热吗？"

我摇了摇头。

"在冬天，为什么要盖被子，而且还要盖厚的被子？要是把被子盖在石头上，石头会不会发热？"

见我茫然，她继续说："关键在自己啊，如果你先没有把钱给出去，就去求神拜佛，就好像是石头上盖了被子，有用吗？"

我终于有些明白，为什么我求过神也拜过佛，都没见到什么效果，对她的这套理论，我开始有些接受了，但还有不明白。

"你让我把钱全部捐出去，那么应该捐给谁？教堂还是寺庙？捐完之后，应该去求哪个更能给我带来温暖的被子，上帝还是菩萨？"

"如果你要想回报来得更猛的话，应该捐给那个最能触动你的对象，你现在既不信神，也不信佛，仅仅只是有一点好感而已，再想想，有没有更能让你触动的对象？"

见我又茫然了，赫拉轻轻地叹了口气，说，我再给你讲两个故事吧。

"1999年10月3日，在贵州麻岭风景区，正在运行的缆车突然坠毁，36名乘客中有14位不幸遇难。而就在悲剧发生时，一对年轻的夫妇，用双手托起了自己两岁半的孩子。

"结果，孩子得救了，这一对父母却失去了生命。

"这个生命的故事，深深打动了一个歌手，她经过多方联系，领养了这个大难不死的小孩，并且为此创作了一首歌，《天亮了》，这个歌手是——韩红：

"那是一个秋天/风儿那么缠绵/让我想起他们/那双无助的眼/就在那美丽风景相伴的地方/我听到一声巨响震彻山谷/就是那个秋天再看不到爸爸的脸/他用他的双肩托起我重生的起点/黑暗中泪水/沾满了双眼/不要离开/不要伤害/我看到爸爸妈妈就这么走远/留下我在这陌生的人世间/不知道未来还会有什么风险/我想要紧紧抓住他的手/妈妈告诉我希望还会有/妈妈笑了/天亮了……

"2008年5月，地震的那段时候，我一直都在看央视的直播，那一天是敬一丹主持的节目，讲述的是当时救援现场的一个故事：抢救人员发现她的时候，她已经死了，是被垮塌下来的房子压死的，透过那一堆废墟的间隙可以看到她死亡的姿势，双膝跪着，整个上身向前匍匐着，双手扶着地支撑着身体，有些像古人行跪拜礼，只是身体被压得变形了。救援人员从废墟的空隙伸手进去确认了她已经死亡，又再冲着废墟喊了几声，用撬棍在砖头上敲了几下，里面没有任何回应。当人群走到下一个建筑物的时候，救援队长忽然往回跑，边跑边喊：'快过来！'他又来到她的尸体前，费力地把手伸进女人的身子底下摸索，他摸了几下高声地喊：'有人，有个孩子，可能还活着。'经过一番努力，人们小心地把挡着她的废墟清理开，在她的身体下面躺着她的孩子，包在一个红色带黄花的小被子里，大概有三四个月大。因为母亲身体庇护着，孩子毫发未伤,抱出来的时候,他还安静地睡着,他熟睡的脸让所有在场的人感到很温暖。随行的医生过来解开被子准备做些检查,发现有一部手机塞在被子里,医生下意识地看了下手机屏幕,发现屏幕上是一条已经写好的短信:'亲爱的宝贝,如果你能活着,一定要记住,妈妈爱你!'看惯了生离死别的医生们却在这一刻落泪了,手机传递着,每个看到短信的人都落泪了。"

赫拉讲完这两个故事时,我发现她眼里泛着泪光,而我,早已泪流满面。

"我知道了,我要把我的钱,全部都给我妈,问题是,我妈并不需要啊。"我又有了新的困惑。

"我差不多每天都会给佛菩萨供香、供灯、供水,有时还会供些新鲜水果和鲜花,难道是佛菩萨他们缺这些吗?"

"他们当然不缺,噫,对了,他们不缺,你还有什么好供的?"

"他们是不缺,问题是,我缺啊,我缺福气啊。"

我突然猛地惊醒,我妈是不缺钱,但我缺!

"如果我把那点钱,都给我妈了,我又不得不刷她给我的那张信用卡,这一进一出,不是白做了?"我又发现新的问题了。

"当然不是,你刷你妈的卡,首先,是她愿意的,所以,这只是会折损你的一点福气。而你把钱给你妈,如果你的动机是对妈妈强烈的感恩之心,那培植的福气,会远远超过你折损的福气,简单来说,这笔生意是划算的。"

"除了你说的这些,我还有什么需要注意的吗?"

"需要注意的东西多了,但不是现在告诉你,你的因缘还没到,现在说了,你也听不进去的。"

"你既然知道那么多,能不能告诉我,我多久会发财,还有,如何找一个好男朋友?"

"我所知道的,只是已经发生过的,对于还没有发生的,就不太知道了,因为,你的未来是你可以掌握的。"

"如何掌握?"

"好好孝顺你的父母,就是最好的转运方法。其他的,以后再说吧,不过，倒是有两点，你要注意一下，一是远离已婚的男人，二是不要伤害生命，任何生命！任何已经出生的和即将出生的生命！"

"什么？我是那样的人吗？还有，我长这么大，连老鼠都没有打死过，哪会去伤害什么生命？"

赫拉轻轻地摇了一下头，眼光中闪过一丝不易察觉的无奈，说，我再给你讲个故事吧……

"湖北某山区的一位猎人，有一次出猎，由于很多天都没遇上任何猎物，他心中充满了怒火，也变得十分焦躁。中午时分，他忽然发现不远处的山坡上走过来一头肥大的羚羊。猎人好一阵激动，拿起枪，悄悄接近羚羊，然后端枪瞄准。此时羚羊显然已经发现了猎人，奇怪的是它并没有跑开，而是面对着猎人'扑腾'一声跪了下来。猎人愣了一下，因为他从来没见过这种场面。但是杀气腾腾的猎人哪里顾得上多想，仍然毫不犹豫地扣动了扳机。子弹射中了羚羊的头，美丽而善良的羚羊应声倒地。此时，猎人冲上前去，却发现了惊人的一幕：原来这是一只即将临产的羚羊妈妈，为了自己未出世的孩子，她向敌人下跪求饶；但当灾难不可避免地降临时，它毅然用自己的头颅挡住了罪恶的子弹，让肚子里的孩子减少痛苦。看到此情此景，猎人哭了。他在山坡上掩埋了羚羊母子的尸体，还有他心爱的猎枪，然后朝着山那边的寺庙走去……"

赫拉看着又在流泪的我，轻轻地问："你觉得这只羚羊妈妈，跟灾难中的那两个妈妈，有没有相同的地方？"

我没回答，这也不需要回答，我非常坚定地告诉赫拉，我以后会尽量地吃素，至少绝对不会去吃那些现杀现宰的动物了。

赫拉非常满意地望了望我，又不经意地抬头看了看天，我知道，我差不多该告辞了。

"你能给我推荐一些书吗？我想多了解一些。"

赫拉笑了笑，说早准备好了，从桌子的抽屉里，拿出了两本书，一本是《了凡四训》，另一本是佛经。

"这两本书里都包含着非常了不起的智慧，你有缘能接触到，那是你的福气；如果能理解、接受这些智慧，那就需要更大的福气；要是你还能够照着去做的话，那就需要天大的福气了。有这样福气的人并不多，你要是想知道你以后会如何,比如会不会发达,或者会不会越来越倒霉,你现在就可以知道,那就看你对这些智慧能理解多少、接受多少、力行多少!还有,如果你看不下去的话,也不要乱扔,找一个干净的地方,好好放起来吧,说不定哪天会有用。"

"你说过,我们好像还有四五次的缘分,是多久?到时候你还会教我什么?"

"是在你受伤的时候,但多久我也不太清楚。至于会教你什么,到时就知道了。"

"那为什么不现在教我,还要那么麻烦?"

"现在即使我说了,你也听不进去的。那些伟大的智慧,对你而言,只能是在你受了伤后才会接受的,比如现在,如果你顺利地转了正,那应该就不会狂醉、就不会去看许医生,当然就不太会出现在这里吧。"

"许医生说,一切都是有限的,这话对吗?"

"当然是对的,每个人的福气是与生俱来的,如果不懂得为自己充值的话,一切都是有限的,用一次少一次。"

"包括这辈子我能喝多少杯水,能睡多少小时的觉都是有限的?"我又开始疑惑了。

"水喝多了,觉睡多了,对身体并没有好处啊,还是适可而止的好。"赫拉非常委婉地肯定了许医生的说法。

"有些人的福气大,有些人的福气小,这既然是与生俱来的,那我为什么不能多带些福气来?"

"这个……以后再说吧,现在说了,你可能也接受不了。"

"我知道,你肯定会讲什么因果了,什么前世、来生了,这些我不是不接受,问题是,即使有那所谓的前世,我也完全不记得了,不管它是否真的存在,对我而言就是不存在的,既然前世对我来说是不存在的,那我哪里还管得了来生?"

"所以你今生就得好好地活!"赫拉并没有反驳我,而是顺着我的话给出了一个肯定的回答。

"如何好好地活,就是拼命地把自己的钱全部给别人吗?"

"当然不是,这只是最猛的转运方法罢了,并不一定次次都要用,就像那位做房地产的师兄，他也只用了一次啊。"

"那还有其它的什么方法？"

"送你一句话：这个世界上不管有什么样的喜悦，完全来自于希望别人快乐；这个世界上不管有什么样的痛苦，完全来自于希望自己得到快乐！

"这是一个非常有智慧的人说的，你对这句话的理解程度，将会决定你以后的运程，不管是财富、伴侣还是健康方面，统统包括！"

"最后我还有一个问题，既然把钱给出去都有那么多的讲究，那我把钱给我老妈，是不是也有讲究？不同的方式回报也是不一样的？比如说亲手给她或者从邮局汇过去，回报是不一样的？"

"其实，实际的行为并不是太要紧，最重要的是你的动机。你为什么要这样做？贫女捐两文钱就获得巨大的福气，远大于贵妃所捐大批财物所能得到的福气。你把钱给你妈，如果你的动机仅仅只是希望你自己获得福气，那得到的福气是最少的；如果你的动机，是出于对妈妈强烈的感恩之心，而你把有生以来第一次挣的钱全部孝敬妈妈，以回报她对你的恩德，那得到的福气就大得多了。"

"那最快、最猛的方法是什么？"我确实一下子也想不起老妈对我有多大的恩德。

"你回家之后，静静地坐下，先想想那两位灾难中的妈妈和那只羚羊妈妈，再把你从记事起，一直到现在，你妈妈对你做过的所有事统统地想一遍，直到你泪流满面，直到你对妈妈升起强烈的感恩之心，甚至你愿意为了你妈妈献出你的生命的时候，然后再把钱给妈妈，至于是什么方式，网上转、邮局汇、亲手给，那并不重要。

"还有，最后送你一句话——'究竟虽欲广利自，暂时利他乃窍诀'。这是我的座右铭，跟你分享。"

"这是什么意思？"

"这也是一个非常有智慧的人说的，大意是：人们虽然最终都想最大限度的有益自己，但是唯一的窍诀就是要暂时让其他人受益。"

我起身，捧起书，深深地鞠了一躬，向赫拉，泪别。

十四、转运

在回去的路上，我把赫拉讲的那些话又重新回想了一遍，幸好她只是让我把钱给老妈，要是我把钱捐给了教堂或者是寺庙，万一那传说中的福气来不了，我该找谁去把钱要回来？捐给老妈，即使没有任何回报，也没关系。这肉即使是烂掉，但还在自家的锅里，跑不了。

回到宿舍，看着赫拉给我的两本书，唉，这个老妇人，为了鼓动我接受和力行这些所谓的智慧，说什么需要天大的福气，真是无所不用其极，用心良苦啊。想起她说的那些故事，决定上百度去 google 一下，看是不是确有其事。结果没有找到敬一丹的那段视频，但"亲爱的宝贝，如果你能活着，一定要记住，妈妈爱你！"这句话，已被无数个网站转载，我甚至还找到了那个孩子的照片，看来是真的。

韩红的《天亮了》我听过，但不知这背后还有那么感人的故事；羚羊妈妈的故事，没有找到，我相信这也是真的。爱护子女，宁愿付出自己的生命，是动物的天性，更何况是人？想到这里，猛地想起了我的老妈，为了我，她肯定愿意付出她的生命，但，为了她，我能付出什么？我又愿意付出什么？我的泪水猛地涌了出来，我想回家，我想抱住妈妈说：女儿不孝，您这个女儿白养了。我还想说：妈妈，从今天起，我愿意为您做一切事，就是拿出我这条小命，我也在所不惜。妈妈，我错了；妈妈，我不任性了；妈妈……想着想着，我趴在床上大哭起来……

我找出一个精美的记事本，准备按照自己的实际情况，力行《了凡

《四训》里介绍的功过格，我在封页上郑重写下"改命计划"四个字，我的第一项计划就是把账上的两千多元悉数孝敬给老妈，并且把自己的笔记本电脑也寄给她，让老妈也学会视频聊天，我想能让妈妈天天都见到自己，也不至于经常担心我胖了还是瘦了。我还要教她去偷菜，去玩她能玩的游戏。

第二天一大早，我带上我的笔记本电脑及所有的配件，再把工资卡里的所有钱全部取出来，然后，把钱和笔记本电脑，从邮局寄给了老妈，完成了我的第一项改命计划。办完了这一切，心里轻松了许多，正在考虑着把老妈给我的信用卡去刷一台笔记本、然后去找工作的时候，手机响了，是 Connie 打来的：

"Vicky，告诉你一个好消息，天宇拓给你下单了，三个产品，每样两 K（千）！" Connie 的语气相当兴奋，"还有，我跟 Jacky 商量过了，你已经转正，正式成为本公司的员工了，底薪3000，房补加餐补600。你赶快回公司，天宇拓的采购单等着你签字回传呢，我去安排生产了。"

我蒙了，简直是被惊傻了，My God！赫拉教的极速转运的方法，这么灵验啊，难道她说的那些全都是真的？

回到公司，立即感觉到久违了的温暖扑面而来，坐到座位上，一切都维持着原来的样子，桌子上的书、本子都在原来的位置，电脑的开机密码没有变，我的 Email 和公司的个人账号也没有被取消。虽然过了不到一个星期，但我却有恍若隔世的感觉。

Angus 手上拿着一张传真，向我挥舞，大叫："Vicky，看到没有，我没说错吧，你的'屎壳郎'来了。"结果整个部门大笑。

打开了公司的论坛，里面有 Jacky 的一篇帖子——《GIFT》（礼物），但却设置了必须要回复才能浏览，坐沙发的是 Connie：回帖是一种美德。板凳是我的师傅 David：如果回帖是一种美德的话，我老人家早成了圣人了！其他的，什么路过的、漂过的、打酱油的、买醋的、做俯卧撑的，一大堆，最搞笑的是 Angus 的回帖：最近几天，我上班的心情比上坟还要沉重，但愿看了大大的帖子，我下次上坟时会有一个好心情。我回：小妹我，这几天也没干啥其他的，就是去开了个砖厂，嘿嘿，如果打开了是虚假信息的话，那就派得上用场了。

打开了，只有一个链接，其他的啥都没有，不会是挂了马的陷阱吧，想想他应该不会干这事。打开，是"龙之向导——专业外贸向导"，里面有全球各国的外贸网站、B2B、全球各地的各种专业的搜索引擎、海运费在线查询、出口退税查询、海关 HS 码查询、外贸知识大全、外贸流程大全、外贸问答、海关代码大全、外贸技巧大全、外贸常用单据大全、外贸骗术大全、全套单证模板下载等等。

我几乎要窒息了，这些全都是前段时间我梦寐以求的，如同在那个远古的山洞前，一个年轻的穷小子，冲着那个洞门喊了"芝麻开门"之后的情景一样，我知道，我真的快要转运了。

MSN 闪动，Jacky 留言给我：种树时，不要以为风调雨顺就好，这只会使树的根长在表土上，大风一刮它们就会倒下。相反，如果风不调雨不顺，天气干旱，树就会将根扎到泥土深处去吸收水分和养料。这样，即使将来的风再大，天再旱，它们也照样能够活下去。

"谢谢您，Jacky！"这是我第一次对 Jacky 用"您"，在 MSN 里，想找个"鞠躬"的表情，没找到。

我好像有些明白，Jacky 是上帝派来的，而赫拉是菩萨派来的，他们都是好人，都是来帮我的。

我打开了"俄罗斯"的搜索引擎这一栏，共有十三个，挑了一个进去，晕死，全是俄文，我哪里看得懂！试着输入："Electronic Toys（电子玩具）"，才出来 300 多个结果，比起 google 里的几千万个，天壤之别！随便挑了几个出来，放在公司的服务器里检索，全部都被扫荡了，我没有泄气，我知道我肯定是要转运了，肯定有别的办法！

试了试其他的搜索引擎，英文的，基本上都被扫荡过了，其他语言的，我看不懂，而以"Electronic Toys（电子玩具）"用为关键字搜出来的结果，差不多都被战友们干掉了。

上帝啊，菩萨啊，教教我，怎么办？我该如何是好？

不知是上帝显灵还是菩萨慈悲，突想灵光一现，俄文网站，用的是俄文，我干吗要输入英文，为什么我不输入俄文？刚一兴奋，马上就蔫菜了，我哪懂俄文！

MSN 里师姐在线，问问她，有没有懂俄文的朋友，帮我把"电子玩具"翻译成俄文？

师姐答：傻妞，google 里就有语言翻译，翻译这个，小 case！

上 google，果然发现在搜索栏的旁边，就有"语言"这一栏，进入，My God！里面不但有俄文，这个星球上的几乎所有语言都有，好像什么斯瓦斯里语、斯洛文尼亚语等等，应有尽有，我轻轻地咽了一下口水，在"翻译下列文字"下面的框里，输入"电子玩具"，然后再设置成由"中文"翻译成"俄文"，点击"翻译"，结果马上就出来了，"Электронные игрушки"，再打开刚才的那个俄文的搜索引擎，输入"Электронные игрушки"，7000 多个结果，立即出现，随便挑了一些，再送到公司服务器，我闭上眼睛、屏住呼吸，点下"检索"，慢慢地睁开眼，如同当年等待高考放榜一样，结果显示：一大半都是全新的，没有人碰过！

我长长地吐了一口气，轻轻地、不动声色地关了页面，这是我最最重要的国家宝藏，我要保护好。

中、英文的 B2B 网站，我早已驾轻就熟，再看看其他语言的 B2B 网站，虽然那些文字不认识，但用法都差不多，试了几下就能发布了，我将我们用来发布的标准英文模板，尽量地简化，在 google 里翻译成我所需要的语言，然后发布。

过了试用期，虽然再没有以前的那些考核数据，但大家都知道，不管怎样，业绩才是硬道理，这里又不是慈善机构，老板信上帝做慈善是一回事，开公司做生意，是另一回事。

经过了前段时间的波折，我现在虽然不像第三个月时那样的拼命，但也基本算得上勤奋，下班回了家之后，每天都会工作到 12 点，而且几乎不参加任何娱乐活动。但总不会忘记每天打开视频，跟老妈聊上几句。

给老妈讲了这段时间的经历，讲了 Jacky 和赫拉的故事，老妈笑："出息了是国家的栋梁，干好了是公司的支柱，落难倒霉了才是我的好闺女啊。"

本月结束，工资、补助加提成，8600 元，这是我有生以来挣得最多的一次，除了天宇拓的订单外，我还出了 7 个样品单，全是俄罗斯的。老毛子的形象，在我心目中，一下子光辉了起来，苏联老大哥，原本和我们就是兄弟关系,哈哈,中俄人民大团结,万岁!

　　去招行开通了网上银行,得到了一个 U 盘,可以在网上转账,我转了 2580 元给老妈,从这个月起,无论我能赚多少钱,不管老妈是否需要,我都要把我收入的 30% 孝敬她,我要让老妈知道,她的这个女儿没有白养。当然这个决定被郑重地写入了我的"改命计划"中,作为一个例行计划,雷打不动。同时,我的 QQ 签名也换成了:树欲静而风不止,子欲养而亲不待。

十五、智慧

新的一个月,不到一周,老毛子又给我下了两个单,即使接下来的三周,我就是天天睡觉,这个月的收入都会过万,小时候听舅舅说,当年他们想当万元户都快想疯了,而我,小小的一个星期,差不多就是了。嘿嘿!中午休息时,偷偷地上 QQ,将签名换成:解放区的天……

星期天,将赫拉送给我的书找出来,一打开,松了一口气,简体横排,而且是有拼音的,我以前曾经看过我外婆读的佛经,繁体、竖排,没有拼音,一行字里,就有一小半我不太认识,从那时起,佛经在我心里就是高不可攀的。而这本,字基本上都认识,加上拼音,甚至可以很通顺地读下去,经文的意思也不难懂,讲的是观世音菩萨如何的了不起,如同神话故事一般,并没有发现里面有赫拉说的所谓的智慧,花了不到二十分钟,读了一遍,觉得通身舒畅。

另一本《了凡四训》,是一个明朝的官员,以自己的亲身经历,讲述了改变命运的过程。原本他为教训自己儿子准备的,如今我成了他的儿子听他的训了,看赫拉那么推崇他,看来当他儿子的人不少。书的内容老掉了牙,先是被一个算命先生把这一生的命运全部算死,连拿多少钱、当什么官,都算得清清楚楚,当这些事被一一应验后,这位先生就对前途命运死了心,无欲无求了,后遇到一位高僧,告诉他行善积德可以改命,他信了,照着去做了。结果,官当得比命里说的大多了,钱也多多了,而且本来命里无子,他生了儿子;命里会短寿,他却延了寿,如此等等。总的思路，跟赫拉讲的差不多，那个捐两文钱的故事，就是这里面的。

　　他说的那些，本来我还挺能接受的，但是里面有一些神叨叨的东西，比如神啊鬼啊什么的，谁见过？于是我开始质疑这些理论的真实性，甚至质疑这个袁了凡是不是被杜撰出来的，有了疑问就要求证，否则我会难受的！而且，如果这个了凡是不存在的，那么这本《了凡四训》当然也是假的，那么，赫拉说的那些，可能统统都是靠不住的！

　　上百度，查！结果让我傻了眼，这本《了凡四训》竟然是我们国家最早、最成功的励志书籍，从明朝到现在，已经印了好几千万册了，更神奇的是，这本书从明朝就流传到了日本，换了个名字，叫作《阴骘录》。再查，明白了，"阴骘"就是积阴德的意思。一个现代人，就学了这一套，开了两家公司，一家是京瓷，一家是KDDI，都是世界五百强的企业，那个人，叫稻盛和夫，跟松下幸之助、本田宗一郎、盛田昭夫，并称为日本的"经营四圣"，四个圣人中唯一还活着的。前段时间就有他的新闻，日本政府把濒临倒闭的日本航空交给他来管理，结果半年就实现了扭亏，最近还出了一本书，叫作《活法》，貌似还是全球的畅销书。

　　确实是牛人！比我们老板牛多了。他公司的格言竟然是：敬天爱人！我在百度里找到杨澜和新浪网采访他的视频，他在访谈中，就多次提到了《阴骘录》。

　　那个袁了凡，历史确有其人，本名叫袁黄，在明史上有他的资料，竟然会带兵打仗，还去过朝鲜打过小日本，今天浙江的地方志上，也有他的记录，他的大作，除了《了凡四训》之外，还有《皇都水利考》《评注八代文宗》《宝坻劝农书》等等N多著作。

　　我被震住了，难道这一切都是真的？

　　我决心一试！万一这一切都是真的，那么，我这后面的人生，肯定会相当的精彩。

　　即使是假的，我付出了，并没有得到所谓的福气，至少，我还能得到快乐！

　　那么，从哪里开始？《了凡四训》有这样一句话：何必戕彼之生，损己之福哉？大意是，何必去伤害那些动物的生命、吃它们的肉，这样是

小女生职场修行记

非常折损自己福报的！了凡先生没有从保护动物、关爱生命的角度去让你吃素，而是告诉你，吃肉是消耗自己的福气的，不划算，我喜欢这样的说法，而最讨厌的是那些恐吓性的说教。以前我外婆说，吃肉会如何如何，她不说还好，说了我吃得更凶，连我妈都说我是一头食肉动物。

不过想想也是，上天有好生之德，所有的生命都应该得到尊重，宰了它们来填饱自己的肚子，扒了它们的皮来套在自己的身上，说这样的行为是折损福气的，应该是说得通的，那么，尽量地保护这些动物，是不是会增加自己的福气呢？应该也是说得通的吧。我突然明白，我外婆长年吃素和热衷放生，现在都八十多了，身子骨还相当的硬朗，原来道理在这里。

我决心吃素，除了福气和关爱生命外，当然这也是一种非常时尚健康和低碳的生活方式。

于是，尽量素食以及不伤害任何生命成为又一项新的改命计划，希望在我的有生之年都能坚持做到。

我相信 Jacky 说的好运，满怀感恩之心去面对一切，在能力范围内，尽最大的所能去帮助我能帮助得到的一切人。

自此，我每天早到公司二十分钟，一个人打扫卫生，将我们部门收拾整洁。

同事出样品单时，我尽量帮他们打包，Connie 曾说过，打包打得好，会给客户留下好印象，尤其是第一次打交道寄样品的时候。

寄到本部门的邮件，如果不是直接送上门来的，我都会主动外出去取回。

客户退回来的返修品，不管是谁的客户，我都会先检测一遍，写上故障现象，再送去维修，修好后，我再检测一遍，然后才打包发货。

在发货时，我会不断地比较多家的发货公司，反复讨价还价，一定要为客户争取一个最公道的价格，而且绝对不会多算客户的运费，尽管多算了他们也未必会知道。

中午出去就餐时，如果同事外出或者太忙，我会尽量主动帮他们打饭回公司。

我经常没有理由的，请几个同事小餐一顿，大家一起外出吃饭时，我总会偷偷地去先把账结了，结果公司原本的 AA 制传统因我而变，大家都会争着买单。

我努力工作，除了要好好地孝顺父母外，我还真心地希望公司能发达，老板能赚多多的钱。

同事有困难，我总会尽量解囊相助，而且绝不催债。

对于客户的要求，不管是不是我的客户，不管是否属于我的职责，甚至不管他的要求是否合理，只要在我能力范围内的而且不违反法律道德的，我都会尽量去满足他们的愿望。

公司组织的一切活动，包括 Jacky 带着我们去教堂、去做义工，我都尽量参加。

只要是有募捐活动，无论为谁，我都积极响应。

对于送快递的小伙、送快餐的小妹、打扫清洁的阿姨，我都尽量以礼相待，视他们为亲人。

对于不请自到的卖保险的、办信用卡的，在婉言谢绝的同时，我也会递上一杯水，并真诚地祝他们好运。

我跟老妈打电话时，不管她再啰嗦，我都会认真地听完，我还会在电话里非常耐心地教她如何操作电脑，还教老妈如何偷菜和打麻将。那两个灾难中的妈妈，甚至那只羚羊妈妈，她们对待孩子，跟我的妈妈对我，没有丝毫区别！

我每天工作十个小时以上，除了相信《了凡四训》说的，"务要日日知非，日日改过；一日不知非，即一日安于自是；一日无过可改，即一日无步可进；天下聪明俊秀不少，所以德不加修，业不加广者，只为因循二字，耽搁一生！"但我更相信广东人普遍信奉的：手停嘴就停（不干活，就没有饭吃）！

我对色彩、搭配、光影比较敏感，以前在学校时，很多漂亮的板报就出自我的手笔。有一次无意中对设计部的小吴，就他正在设计的产品广告提了点建议，他立即采纳，后来，他就经常将他的设计稿发过来让我给些建议，再后来，在他的指导下，我学会了 PhotoShop 和 CorelDRAW，成了他的助手，帮他干的最多的活，就是抠图，把一张图片中有用的部分，花很多时间，小心地取出来，然后给他去做各种搭配，也就

是传说中的 PS。最难抠的图，竟然是长发飘飘的美女，那毫无规则的头发，抠起来简直就是时间杀手，当然，光头最好抠，可惜不常碰到。他不无得意地说，人家当大厨的，都有切菜或配菜之类的下手，如今他也尝到了当大厨的滋味。

　　做这一切，我尽量不动声色，绝不张扬，我不愿意让别人误解我有什么企图；况且《了凡四训》说了，要积阴德才有用，就是做了好事，别让人知道。QQ 的签名又被我换成了：悄悄地进村，开枪的不要！

　　我学着《了凡四训》里说的，在自制的"改命计划"里，每天在睡觉前，回想一天的所为，做了好事打"√"，干了坏事，画"×"。

十六、种子

星期天早上,我又到了梧桐山脚下,先去了许医生那儿,上次的药,我只吃了一剂就好了,这次来,只是想要感谢他。他那儿依旧人潮涌动,甚至顾不上跟我说话,我给了 1000 元给他太太,但她坚持不收,我只好说,这钱是我请你们用来买药,然后再免费给其他人,他太太这才收下,然后两手合十,向我深深地鞠了一躬,替那些病人向我表示感谢。

赫拉还在老地方,喝茶,读经,见到我来了,没有丝毫惊奇,肯定又是在等我。

我给赫拉带了一些茶叶,据说是刚上市的新茶,不知她是否喜欢,她满面微笑地望着我,问:"又怎么了?"

"我不知是该信神还是信佛?还是上次的那个问题,你没有回答我:如果他们真的存在,那么,汶川地震时他们在哪里?还有,如果他们真的是无所不能的,那么,这个世界上为什么会有贫穷、战争和各种灾难?"

"这是一个挺复杂的问题,几句话可能说不清楚,本来打算以后再告诉你的,既然你那么急迫,现在跟你说说吧。"她把刚才喝的茶倒掉,换上我给的茶,泡了一杯给我,然后她自己也喝了一口,笑了笑说:"你要是有兴趣,我可以教你如何品茶。"

见我带了笔记本,准备做记录,赫拉又笑了笑,摆了摆手,说:"不用记了,听明白就好了。现在,我来给你讲一堂农业技术的课程吧。

"首先我们从一个自然现象谈起,那就是'种瓜得瓜,种豆得豆',稍稍推广一下,就是'种瓜得不了豆'或者'种豆得不了瓜',这是农作物生长的普遍规律,那么,这个规律对我们,或者说:除了对农作物有效之外,对人,是否有效呢?

"虽然这是一个有些匪夷所思的问题,但答案却是相当令人深思的,我们也许可以从日常生活中的一些事例看出端倪:

"1. 看看自己是不是在任何时候,都会处在一个非常友善的环境中?如果是的话,那是因为你以前不管在任何时候,对周围的一切人都十分的友善,也就是说,你曾经种下了大量的'友善'的种子,所以,当你有需要时,就会感受到'友善'的果实;反之,如果你经常都会遇到一些傲慢或猜疑心很重的人,那就要看看自己,是不是以前经常对别人傲慢或猜疑,种下了的'傲慢'或'猜疑'的种子?

"2. 如果不管当你有任何困难的时候,都会有人帮你,那肯定是因为你以前在别人有困难的时候,你帮助了别人,种下了'帮助'的种子。反之,如果你有任何困难的时候,无人肯帮你,那就要看看自己是不是经常在别人有需要的时候,没有出手相助?

"3. 自己手头紧时,想借些钱或者向银行贷款,如果很顺利就能实现,那是因为以前别人找自己借钱时,自己相当的慷慨,反之,就是自己太吝啬。所以,如果自己借不到钱,要好好地看看过去,自己可曾经常借钱给别人。

"4. 先看看自己,什么东西拥有得最多,比如关爱、某方面的知识,等等,通常你都会发现,那正是你曾经付出得最多的,再看看自己,什么东西拥有得最少,通常那是你最想得到,而你又付出得最少的。

"这样的例子还会有很多,那不是普通意义的礼尚往来,而是种子成熟的结果,如果以上的这些事例在你的身上统统没有发生过,我们还可以通过下面的一些事例,来主动验证这个所谓的'种子生长规律':

"①自己坐电梯时,如果经常按住电梯等后面的人,不久后(一般不超过三个月),你就会发现,你进电梯时,也会有人按着电梯等你;

"②经常帮你的同事打饭、没有任何目的地请他们小吃一顿、尽可能地满足同事、朋友的合理要求和愿望等等,要不了多久(一般不超过三个月），这些都会回到你身上来的；

"③对一切人都非常尊重，尤其是地位较低的那些人，比如：保安、清洁工、送餐的、收快件的等等，不久后（一般不超过三个月），你就能明显地感受到，你在很多的场合，会比以前得到更多的尊重；

"④如果你上有老下有小，再如果，从现在开始，你愿意对你的父母极其孝顺和调柔，不出三个月，你就会看到你的孩子，对你态度会有非常明显的转变；

"⑤如果你开车，在晚上对面有来车，那么无论对方是否开大灯，你都不要开大灯，不久后（一般不超过三个月），你会发现开大灯射你的人，会越来越少；如果有人想从你的前面加塞，你经常都会让别人，那么不久后，你想插队时，也会有人让你；

"……

"当然，如果你把上述的一切，全部反过来做，同样的相反结果也都会回到你身上来的，而且回来的时间，通常也不会超过三个月。

"同样的，类似的例子还会有很多很多，那也不是普通意义的礼尚往来，也是种子成熟的结果，在这里，需要补充说明一点的是，这个'种子生长规律'，并不是一一对应的，比如说，你帮助过的人，可能永远也帮不上你，而帮助过你的人，可能你也永远帮不上他；推而广之，你借过钱的人，通常不会借钱给你，如此等等。"

赫拉说到这里，停了一下，喝了口茶，对我说："我知道，你肯定有一大肚子的问题，我可以一个一个地解答，问的时候，最好要有逻辑性，结合我刚才讲的问，不要问我回答不了的问题：比如，天上到底有多少个菩萨，或者以后你会找个什么样的老公之类的。以前就曾经有人问过我，上帝和佛陀有没有见过面？他们有没有比过谁的法力更猛？"

我拿出笔记本，将赫拉刚才讲的这些简要地记录了一下，把自己的思绪整理了一下，我是学应用数学的，逻辑思维能力应该不会比一般的男孩子差。

问：既然是种子，那么它是种在哪里的？

答：种子当然是种在土里或者田里，对人而言，种子就是种在自己

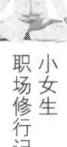

的心中。比如，你帮助了某个人，那种子不是种在那个被帮助者的身上，而是种在了你的心中。所以，当这个种子成熟的时候，帮助自己的，通常不是自己曾经帮助过的那个人，而往往是另一个出乎自己预料的人，甚至是一个完全陌生的人。

问：农作物的种子，是种在土里，然后有阳光、雨露，经过一段时间，就会得到果实，那么在这个所谓的"种子生长规律"里，阳光、雨露又是什么？

答：阳光、雨露是种子变成果实的必要条件，在"种子生长规律"里，同样也需要类似的必要条件，比如，你曾经种下了大量的帮助别人的种子，当你遇到困难时，就会有人伸出援手，在这里，你所遇到的困难跟向你伸出援手的那个人，就是这个必要条件。换句话说，你曾经种下的种子，需要通过某件事或某个人，来变成果实，而那件事或那个人，就是种子生长的阳光、雨露，或者，就是种子生长的必要条件。

问：种下了好的种子，就能得到好的结果，是不是种下坏的种子，就肯定会得到坏的结果？

答：土地是不会去分辨什么是好种子，什么是坏种子的，种下了鸦片，肯定不会收获玉米吧？同样，在"种子生长规律"里，也不会去分别好坏善恶的，因为这并没有统一的标准，基本原理就是：种瓜得瓜，种豆得豆。

问：农作物的种子生长成果实，需要好几个月的时间，这里的"种子生长规律"，需要的时间是多少？还有，当种下一粒麦子，能收获一大串麦穗，那种下一个帮人的种子，能收获多大的帮助？

答：这是一个比较复杂的问题，受到很多方面的影响，下面列出几条基本的：

1. 取决于你当时种下种子的对象：供种子生长的土壤越肥沃，出来的果实就越大。种种子也是一样的，以种下财富种子为例，什么样的田最肥沃？有三块田是最肥沃的。

A. 恩田：最值得我们感恩的人，比如：父母；
B. 敬田：最值得我们恭敬的人，比如：老师；
C. 悲田：最值得我们同情的人，比如：四川地震中受难的同胞。

2. 取决于你当时种下种子的行动力：简单来说，就是心动不如行动。如果想要种下正面的种子，现在，现在就是最佳的时候！

3. 取决于你当时种下种子的动机，比如你帮助某个人时，如果怀着极其强烈的同情和怜悯之心，这个种子就相当的强大，被人帮助的果实就会以很快的速度加倍地回来；同样，当你伤害某个人时，如果是怀着极其强烈的憎恨之心，甚至是带着希望那个人从地球上消失的心，那么，自己被人伤害的果实，同样也会以很快的速度加倍回来。

4. 取决于你当时种下种子的次数，这点比较容易理解，如果你不停地帮助别人，那你通常都会不停地感受到别人的帮助；反过来，如果你不停地通过任何一种方式，伤害任何人，那么，你也会不停地感受到某种伤害。

5. 取决于事后，你对这件事的自我评估。比如你救人一命，当时你对自己的行为十分欣慰，每当再次想起时，同样还是十分的欣慰，而且遇到类似的情况，你还非常愿意再次出手相助，这时你种下的种子，就会被你不停地放大和加强，当你落难时，就会有更快更强大的力量来反过来帮助你；反之，如果事后对自己的所作所为感到后悔，不管是好事还是坏事，那这颗种子生长的力量就会被大大削弱。

我似乎有些明白了，为什么我把所有的财物全都给老妈，会那么快的转运，原来是有一套完整的理论依据的。

说到这里，赫拉停了下来，用一种我看不懂的目光看着我，说："还有一些事，虽然你现在还没有遇到，但我还是先告诉你吧。那就是：远离一切形式的不正当的性行为，还有：绝对不要堕胎！"

我又羞又惊，她怎么会给我说这些东西？

"那是因为，这两件事，是所有事情里，最最折损福气的。"赫拉看透了我的心，不问自答。

"为什么？"我知道这些是不好的事，但有她说的那么夸张吗？

"知道我们的老祖宗，有这样一句话：'万恶淫为首'吗？"

"当然知道，不过我很不以为然。"我仔细地品了一下我买的新茶，味道确实不如赫拉自己的茶好。"'淫'真的那么可怕吗？难道'淫'比杀人放火、抢银行还要更可恶？听过好多行为不检点的人，也没见他们受到了什么处罚啊，而且，那些有钱有势的人，又有几个是规规矩矩的，他们不也好好的？况且，'性'是人的天性，为什么要去压抑甚至泯灭它？"

赫拉不置可否地笑了笑，说："其实，'万恶淫为首'中的'淫'，通常情况下指的是'不正当的性行为'，那么，什么是'不正当的性行为'，通俗来说，一切不受国家法律或社会道德认可的男女关系，均可理解为'不正当的性行为'。"

赫拉冲着我微微扬了一下眉毛，示意我可以继续提问。

问：那性行为跟你讲的"种子生长规律"有什么关系？

答："种子生长规律"跟我们的一切行为都有密切的关系，原理还是：种瓜得瓜，种豆得豆。简单来说，如果伤害了别人的伴侣或孩子，那么，自己的伴侣或孩子，就一定会在某个时候受到某种形式的伤害。

问：如果是你情我愿的，或者是权钱交易的，并没有伤害到任何人，这又会有什么结果？

答：至少，你的伴侣会受到伤害吧！或者反过来，如果是你的伴侣做这样的事，你会有什么样的感受？

问：要是在绝对安全、绝对保密的情况下，你情我愿，而伴侣永远都不可能会知道这件事，又会有什么样的结果？

答：前面已经讲过了，种子，是种在自己心中的，而不是种在别人身上的。做了对伴侣不忠的事，至少是在自己的心中种下了背叛的种子，而当这个种子成熟的时候，你肯定就会感受到：伴侣、子女、朋友、同事、上级、下属等等，对你自己的背叛，所以当有人对你不忠的时候，不管那人是谁，首先应该反省一下自己，是否在之前种下过不忠的种子。

问：既然土地都不会去区分好种子和坏种子，那么性行为何来正当与否的区分？

答：既然自己给出去的东西都会回到自己身上，那么性行为的正当与否可以这样区分：凡是你做了某种性行为，等到将来在此过程中给出去的东西（包括对伴侣的背叛、对他人配偶的污染等等）会回到你自己身上时，你感到很愉快，那么这个行为就是正当的；反之，则是负面的。可以试想一下，当被人背叛时，你会很爽么？

我无语，虽然这些我还没有遇到，但我似乎快要明白了，赫拉给我讲的这些，确实包含着许多了不起的智慧在里面，而不仅仅只是简单的前世来生那些普通的因果道理，上帝或者菩萨，似乎又为我打开了一扇全新的窗口。

问：那你刚才说的堕胎，跟种子或者福气有什么关系呢？

答：堕胎是一件非常复杂、涉及面相当广的事，我们可以从其中的一个层面进行剖析。先来说说，杀人，是在种下什么样的种子？对绝大多数人而言，这肯定是种下了非常多、非常可怕的负面的种子，杀了人后，即使由于种种原因没有受到法律制裁，自己的生命，肯定会在某个时候受到某种形式的严重伤害。那么，如果杀害一个小孩，是否也会得到同样的结果？答案是肯定的。进一步，如果杀害的是一个婴儿，是否依然也会得到同样的结果？答案同样是肯定的。再进一步，如果是在那个婴儿出生前一分钟，把他（她）杀死呢？出生前一个月呢？出生前八个月呢？答案无疑同样是肯定的。

问：我见过也接触过不少堕胎甚至是多次堕胎的人，也没见他们有什么不好？

答：如果你能深入跟这些人交往很长的一段时间，就一定会发现，这些人的生命、健康、情感、事业等，一定会有某一方面，受到比其他人多得多的重大伤害。

问：堕胎仅仅只是伤害生命，充其量只是会伤害健康，跟情感、事业之类有何相干？

答：当伤害了一个生命之后，那个生命所拥有的健康、情感、事业、财富、快乐等等所有美好的一切，也统统被剥夺了，剥夺了别人的这一切，那些种子统统都会回到自己的身上来，一定会在某一个时候，时机成熟时，变成自己难以承受的痛苦果实！

问：当第三者会有什么麻烦？我师姐的男友，好像就是有家的。

答：1. 堕胎的几率会非常大；

2. 几乎是永无出头之日，现在不少人，都喜欢"墙内红旗不倒，墙外彩旗飘飘"，一般不太容易会换掉自己的糟糠之妻，所以，第三者（们）转正的机会非常小；

3. 由于自己所爱恋的那个人，他所爱恋的对象往往并非自己一人，所以，他/她只对一个人忠诚的可能性会很小，这通常又会引发更多的事端；

4. 做第三者的过程，是在持续不断的、种下了非常强烈的破坏别人家庭以及不和谐的种子，即使后来觉悟了，分开了，哪怕是已经分开多年了，由于种下的种子太多、太过于强烈，第三者们会不断地感受到这些种子所结成的苦果。说直白一点，第三者们通常很难有新的婚姻，而且，即使是勉强结成了新的婚姻，通常也很难得到幸福快乐的家庭！

"啊，这么可怕啊，那我一定要把你说的这些，去告诉我的师姐。"我真的有些替师姐担心。

"唉，还是先管好你自己吧。"

"什么，我自己？我连男朋友都没有，管我，管什么？"

赫拉看了看我，欲言又止，自顾自地喝茶了。

我决心把困扰了我很久的问题，借此机会问出来。

"你说的这个种子理论，我基本上能接受，那么，汶川地震中的那些孩子，有些甚至还是在娘肚子里的孩子，他们是种下了什么样的种子？他们有能力种下种子吗？"

"小兰，其实这个问题不难回答，但也不太好回答。给你一个提示吧，我们的生命，是延续的，不是死了就什么都没有了，还会以其他的生命状态，继续存在。关于这点，世界上所有的宗教都是承认的，只是死了后，会去到哪里，如何去，不同的宗教有各自的说法罢了。"

我告诉你种子生长规律的目的，就是想要告诉你几件事：

1. 我们现在所经历的一切，无论是开心还是不开心的事，都是由于我们过去所种下的相应的种子发芽、开花，成熟后结出的果实而已，跟其他任何人都无关，那些都只不过是条件而已；

2. 我们现在所做的一切事，又在为我们自己种下新的种子，这些种子，在将来时机成熟时，也会让我们加倍感受到相应的结果，无论我们自己愿意与否；

3. 你在公司里出了单，拿了提成，那是你的正面的种子成熟了，差点被炒鱿鱼，那就是你的负面的种子成熟了，公司只是一个条件，或者说是兑现你正面或者负面种子，所必须的一个平台。当然，这个平台可以是你们的公司，或者其他任何一家公司、组织乃至个人！换句话说，当你的财富种子成熟的时候，不管你在哪里，你都会得到相应的果实，哪怕你什么都不做，去买张彩票也能中奖。这就是为什么有些人会莫名其妙地发财或者倒霉，都是种子成熟的结果，没有任何一件事是偶然发生的。

4. 所以，任何人所经历的一切，都是他自己以前行为的结果，其他的任何人，是不可能从根本意义上去改变他的。

问：我已经开始吃素了，这会有什么好处？
答：不管你做任何事情，都是在种下不同的种子，而种下不同的种子，得到不同的结果；就吃素而言，你将会得到的：

1. 不再折损自己的福报，同时也会在增加自己的福报；

2. 尊重、关心一切生命，那你的生命就会得到尊重和关心，当然也会得到健康和长寿。

问：我现在已经知道放生是善行，看到网上有组织放生的，参加了

两次,但再也不想参加了,因为我在这方面我还有不少疑问:

1. 有些生命被制造出来,本来就是给人吃的,比如饲养场里的那些家禽,放掉它们有什么意义?况且,把它们放了,它们也没生存能力,而且还会影响环境。

2. 由于放生的行为,可能就会形成一个产业链,有不少人就会专门去捕猎来给人放生,甚至把我们刚刚放掉的生命又重新捕回来卖给下一拨放生的人,这有什么意义?

3. 我参加的那两次放生,就亲眼见过不少小生命在我们念经时,死在了地上,人家本来好好的,被强迫放生,反而提前死了,这有什么意义?

4. 有人在公园里放蛇,导致游人受惊吓甚至受伤;还有些在淡水里放海鱼,马上就死了;还有的,在水里放一些凶猛的鱼类,严重破坏了那里本来就相当脆弱的生态环境,这些放生,又有什么意义?

答:你去放生,有两个方面的意义,我来分别地讲一讲,然后你再自己决定。

首先是对于那些被放掉的生命:你刚才讲的这些情况,确实都存在,其实,我们放生,并不仅仅只是重新给他们一次生的机会,更重要的是,在放生的过程中,会为它们念经、念咒,让它们在这一世的生命结束之后可能会去一个更好的环境,如果没有这样的机会,那它们在生命结束之后,会去到哪里,就不好说了,有可能会在一个非常非常长的时间里饱受痛苦和磨难。这才是放生最重要的意义。

然后是对你个人而言,你去放生,通常是要花钱的,这就种下你以后能发财的种子;如果你希望那些生命都能重获新生,那就为自己种下了健康长寿的种子,如果你希望那些生命能重获自由、得到快乐,那你以后就肯定会有更多的自由和快乐,当然,如果你还有其他动机的话,比如你希望那些生命,能得到永恒的快乐,那么,你也会得到永恒的快乐!

所以,放生,几乎是种下了一切正面的种子,也必将会收获一切正面的结果,包括健康、财富、自由、快乐……

当然,放生还有一个前提,那就是要尽量地让被放生的那些生命,能真正地重获生命和自由,而且还要尽可能地不对其他生命或者是人,造成伤害。

顺便给你说一下,我基本上每周都会去放生,我也希望能够得到健康、财富、自由……我更希望我能够得到那永恒的快乐。

问:我明白了,我以后肯定还会去经常放生,但我又有新的问题了:

1. 当我路过菜场、酒楼,见到那些快要被宰杀的生命,我没有能力将它们全部放生,那我该怎么办?

2. 如果我没有时间亲自去放生,汇一些钱给那些放生小组,请他们帮着放生,这样算不算放生?

答:当你见到一切生命时,包括那些在菜场酒楼的、家里的宠物猫狗、甚至是动物园的动物,你都应该怀着强烈的悲悯之心,对它们念"南无阿弥陀佛",这都会对它们相当有益的,也是另一种意义上的放生,如果能大声地念,它们能听到,最好,当然,如果条件不允许,在心里默念,眼睛望着它们,也是好的。

出钱不出力,当然也是放生,不过,如果有可能的话,还是要亲自去放生,亲临现场,那种悲悯之情,会更容易升起来,而强烈的悲悯之情,不管是对那些物命还是对你自己,都有着相当积极的意义。况且,为那些生命念经念咒的同时,也是在为自己增福消灾,所以,如果可能的话,还是要亲自去放生。

问:有两种假想中的比较极端的情况,一种是只放生,而不念经念咒;另一种是,只念经念咒,而不放生,如同在菜场酒楼见到的那些生命,这两种只能选一个的话,你会选哪一种?

答:我肯定会选后者,生命是短暂的,那些动物尤其是家禽的生命更加短暂,给他们放生而不念经念咒,充其量只是将它们的生命延续一段时间而已,它们还是会死的。但如果给它们念了经、诵了咒,就可能给它们一个更好的未来,这才是最有意义的。

问:那我对着一群人,狂念"南无阿弥陀佛",岂不是在放……

放人？

答：哈哈哈（这是我跟赫拉结识以来，唯一的一次，见她哈哈大笑），别说是你对着一群人狂念"南无阿弥陀佛"，就是你在心里默念"南无阿弥陀佛"，你眼睛看到的一切人，一切动物，都会对他们相当有益的，这件事一定要多多地做。

问：我满怀感恩之心去面对一切，在能力范围内，尽最大的所能去帮助我能帮助得到的一切人。

答：这个才是真正的、心想事成的根本原因！

问：我每天早到公司二十分钟，一个人打扫卫生，将我们部门收拾整洁。

答：如果你的动机是希望大家得到一个干净整洁的环境，那你以后就会常常处在洁净之地，如果你的动机是希望为大家多做些事，那以后会有更多的人为你做事；如果两种动机都有，那么，两个结果都会得到。

问：帮同事打包，外出去取邮件，帮同事打饭，等等。

答：你是在种尽量帮助别人的种子，那你以后不管有什么事，也会有人帮你。

问：帮客户找便宜的货运公司。

答：你帮别人省钱，也会有人帮你省钱。

问：孝顺父母、积极参加募捐、请人吃饭、真心地希望老板能赚多多的钱。

答：这就是你发财的根本原因！

问：尊重一切人，尤其是那些社会地位比较低的人。

答：那你会得到更多的尊重，如果在公司里，就意味着升职，如果当老板，就意味着会有更多的员工，等等。

问：在公司里，给设计部打下手，经常帮他们干活，而没有丝毫报酬，老板也不知道。

答：如果你能坚持这样做下去，我可以向你保证：你一定是你们公司升职升得最快、加薪加得最多、人缘最好的那一个，为什么呢？

1. 主动帮助别人，一定会有人来主动地帮助你；
2. 主动地打下手，不久后你也会有自己的手下；
3. 不为报酬干活，那是为自己种下了财富的种子；
4. 老板不知道，那更好，那是在积阴德，只有阴德才能转换成福报，大家都知道了，也就没有什么福报了，被兑现成名气了。

问到这儿，我想我已经明白了一些赫拉说的所谓智慧了，我把这些问题在头脑里，快速地整理了一下，向赫拉问了最后一个问题：

你们佛教是如何看待财富的，是不是越穷越光荣？

答：我们提倡的，是要去掉对财富的执着，而不是要去掉财富！

回去后，我的QQ签名被改成：出来混，迟早都是要还的！

小女生职场修行记

十七、生悲

本月快结束的时候，我憧憬在即将成为万元户的兴奋中，不料在乐极时，接到天宇拓公司的采购林虹打来的电话，那语气相当的令人不爽："陆小姐，你们的那批货，那 RoSH 认证，是怎么回事？"

"怎么了？我们的 RoSH 认证，是真的啊，你可以上网查啊！"

"我查过了，是一家小实验室做的。问题是，你们的那批货被美国海关扣了，现在清不了关，你到我们公司来一趟吧，带上那个 RoSH 认证的原件。"

还没等到我回答，她就挂了电话。

我从来就没有经历过这种阵势，想请 Connie 跟我一起去，Connie 却认为这不是什么大不了的事，正好也是锻炼我独立处理事务的一个机会，让我自己去就好了。

惴惴不安地赶到他们公司，这次坐的不是外面的接待室，而是被林虹直接领进了他们老板的办公室，这还是我打工以来，遇到的第一个真正意义上的老板，年龄三十出头，身材均匀，长得也顺眼，不像林虹那么咄咄逼人，至少表面上挺和气的。

接过名片一看，总经理：郭天宇。哦，怪不得，叫作天宇拓公司。

"陆小姐，我们接到货运公司的通知，你们的那批货，被扣了，好像是 RoSH 认证有问题，我上网查了你们产品的相关的编号，是通过了 RoSH 认证的啊！"

"是的，是的，我们的所有产品，不仅通过了 RoSH 认证，还通过了相关国家要求的所有认证。而且，不光是我们的产品通过了 RoSH 认证，产品里面的每一个元器件、外壳，都通过了独立的 RoSH 认证。"

我递上了我们产品的 RoSH 认证的原件，和其他元器件 RoSH 认证的复印件，厚厚的一大沓，他接过，仔细地看了起来。

我心里有些暗自佩服，那些资料，全是英文的，而且基本上全是专业术语，他能看得懂，真是不简单。

郭天宇不仅是简单地看看，而且还把那些认证上的编号，逐一地输入某个网站，核实它们的真实性，看来，他不仅能看懂，而且还知道如何鉴定真伪。

不知他结婚没有？一想到这，就觉得自己真是没出息，为什么一见到顺眼的男人，我总会想到这些。

"陆小姐，我能不能把这些资料，都复印一份？"问得相当的客气。

"当然可以啊。"我忙不迭地回答。

林虹把资料拿去复印了，一大堆，要好多时间，我期盼这段时间，郭天宇会跟我聊聊天，比如问我老家是哪里的，来深圳多久了，哪个学校毕业的，什么专业，等等。但什么都没有，他不主动说，我也不便开口。

枯坐了半个小时，双方都一言未发，他一直在电脑上弄着什么，完全视我为空气。我则拿出一本经书，默默地看了起来，网上有人说，随身带着经书，会消灾免难，给自己带来好运，我不知是真是假，就一直带在身边。

郭天宇终于意识到了我的存在，看到了我手中的书，主动问了一句："你信佛？"

我不知该如何回答，我自己都不能确定，我是不是真的信佛，只能说："正在了解。"

"学佛挺好的，我妈就信佛。"他说。

"那你信吗？"

"我，我怕菩萨不要我。"

"为什么？"

"规矩太多了，受不了。"

他是个不爱守规矩的人吗？他到底有没有结婚？我要是人大代表，一定要建议制定一部法律：所有结了婚的男人，左手无名指上必须要戴上戒指，哪怕是铜的都行，不戴的，重罚！想到这，不禁又暗自叹了口气，即使人家没有结婚，那么优秀的男人，哪里又会轮得到我？

在我胡思乱想的时候，林虹回来了，将那堆资料还给了我，郭天宇很礼貌地冲我点了点头，那意思差不多是，我可以 OUT 了。

回到公司，老是想着那郭天宇，心中竟然暗自期盼，我拿去的那堆资料不管用，这件事不会那么轻而易举地了结，还有无数多的麻烦，然后，我就可以……问题是，我又可以做什么呢？

我很快就如愿了。第二天，接到了郭天宇的电话，我们的那批货，是外壳的铅含量超标，他们同一个集装箱的其他货全部放行，我们的这些电子玩具，等待处理。他让我赶快联系我们的外壳生产商，问问是怎么回事。

Connie 似乎也意识到这件事的严重性，她向 Jacky 汇报了之后，然后让采购部的刘姐赶紧联系那家模具厂，问问是怎么回事，结果，座机没人接、手机关机！我心一沉，隐约知道这件事可能会给我们带来相当大的麻烦。刘姐不停地给不同的人打电话，终于弄清楚了，那家模具厂，可能是由于他们自己原材料供应商的原因，最近注塑的外壳铅含量统统超标。由于在供货时，都签有协议，如果是由于他们的原因而导致客户的损失，将由他们全部承担。现在客户的损失太大，已经超过他们承担的能力，他们的老板已经弃厂而去，不知所终。

我不太好意思直接给郭天宇打电话，赶紧给林虹打了电话。林虹说，模具厂的事，他们管不了，只是很冷淡地提醒我，让我把当初签的合同再仔细看看。看来类似的事，她已经历过不少了，我想起了那合同，当初是有一条，"如果由于乙方（我们）的责任，而给甲方造成的一切损失，将全部由乙方承担。"当时 Connie 还将这条修改成"乙方只承担产品本身的责任，而不承担由产品引起的其他连带责任。"她当时给我解释的是，如果哪个外国小朋友，把这个产品塞进嘴里产生了什么后果，可不是我们能承担得起的。

现在的问题是，这个产品目前还没有到哪个洋娃娃手上，还是产品本身的责任。我们唯一能追究的，是那个模具厂的老板，但他已经人间蒸发，我们上哪儿去找他？

怎么办？我给公司出的第一单货，就带来这么大的麻烦，我是不是一个扫帚星？

林虹发来了传真，一份是货运公司发给他们的传真，转发给我们，证明他们所言不假，另一份是他们的要求：1. 退货；2. 我们承担因此而产生的所有费用；3. 我们承担他们因为违约而对客户造成的损失。

退货，是情理中的，因此产生的费用至少包括来回的运费，他们去的时候，是在集装箱里，从海上漂过去的，分摊到我们的产品头上，运费并不太高。而回来可没有集装箱回来，只能发空运，而空运价格的计算方法是相当变态的，同一箱货，如果重了，就按重量计价；如果不重，而体积大，则按体积计价。我们的产品不重，体积也不算大，但包装盒却相当的大，Connie 粗略地算了下，那寄回来的空运费，已经超过了产品的价值了，如果再加上退货费、损失费，那数额可相当的庞大了。

一向沉稳的 Connie 也发了愁，她拿不了主意，Jacky 说要跟蔡总商量下。

这件事，虽然并没有我的责任，却也因我而起，老天啊，为什么我刚一开始行善，就这么倒霉？难道这行善还行错了吗？我该找谁去申冤，上帝还是菩萨？

见我们没有任何反应，林虹又来了电话，说如果我们就这样拖着不管，想一拖了之的话，三天内就能收到他们的律师函！看来，对于这个流程，她是相当的清晰，处理过相关的事，也应该不止一件两件了。他们的律师？什么意思，难道他们专门养着一位律师没事就找碴？

公司马上开会讨论了这事，但并没有商量出一个可以解决的办法，面对林虹的威胁，大家都束手无策。对于这次事件的第一责任人，采购部的刘姐，似乎是相当的委屈，她说她所能检测的，也只是这批外壳的数量是否齐全、外观是否有损、颜色是否符合要求，至于铅的含量是否超标，根本不是我们公司可以检测的。而且，这批外壳的货款，也早已经结清了。

刘姐没责任了，大家都把目光转向了我，我只是一个小业务员，只管卖货和收款，我又有什么过错？

十八、工友

我决定亲自去一趟那家模具厂，哪怕能挽回一点点损失，即使对公司来说无足轻重，但至少这样会让我好受些。从刘姐那里找来了那个模具厂业务员的名片，在关外某个镇的某个村里，先坐了大巴，再换乘路边的摩托车，折腾了两个多小时，终于到了那家模具厂。

到了那里，发现有不少人围在一起，好像要闹事。貌似一起不大不小的群体性事件，街道办、维稳办、派出所的人都到了，老板没有找到，一个政府模样的、脖子上挂着一个什么证件的工作人员在跟工人们协商。目前工厂已经查封，四周拉起了警戒线，有两个腰里别着枪的警察看着，可能是担心有人冲进去抢东西。

我要尽快地找到组织，这种事情，单打独斗肯定是不行的，先要找到其他也因为铅含量超标而受了损失的公司代表，结成联盟才会有力量。虽然现场有一百多号人，但大部分是穿着工衣的工人，一眼就能分辨出来，其他的，看那模样，不是小公司的老板，就是小公司的采购、财务什么的，我走过去加入了他们后，然后跟他们一起，在一个街道办的桌子前填表，内容包括公司名、所受具体损失、要求赔偿金额，等等，其中的一栏我十分拿不定主意，联系人及电话这一栏，我不知该填谁。我才刚转正，能代表公司吗？可是，不填我，又能写谁？

工人们的情绪越来越不稳定，眼看着事态就要升级了，他们已经制作好了一个大大的条幅，"还我血汗钱"，而且那个"血"字是鲜红色的，下面还有几个红色的点，像血滴，极具视觉冲击力。他们准备上街去堵路，还有人给深圳电视台的"第一现场"栏目和《南方都市报》打电话，希望他们派记者来报道，好增加影响，他们似乎知道，影响越大，对他们就越有利，他们不知从哪儿得知，即使警察们掘地三尺将他们的老板找了出来，按照流程，这个工厂得先拍卖，拍卖所得的钱，先是支付清算组的费用，然后才轮得到他们，这一等，不知要到猴年马月。我暗地一惊，这个工厂看样子值不了多少银子，能打发了清算组和工人，就已经是毛主席显灵了，哪里还轮得到我们？

我掏出手机，准备拍几张现场的照片好回去交差，或者给天宇拓的人看看，我们也是受害者。正拍着，发现那个和工人协商的政府工作人员急急地向我们这边走了过来，我这才认真地打量了一下他，一个十分清秀的小伙子，高高的个子，架个眼镜，年龄应该比我大不了多少，他走到我们填表的桌子前，向那个街道办的人要烟，那个人赶紧从口袋里掏出一包中华烟给他，这小伙子拒绝了，偷偷地问他，有没次一些的烟，结果旁边的保安从口袋里掏出一包白沙烟给他。

"还要火机！"他做出了一个打火的动作，保安赶紧把火机也给了他，就在他接火机的时候，我看清了他胸前挂的证件：深圳市临海区吉富街道办　维持稳定办公室　陈小乐。

"哼，小乐，我看你现在怎么乐得起来？"我有些幸灾乐祸，已经有些忘了自己也是受害者。

见到他走了过来，那群工人里，有几个貌似带头大哥的也跟了过来，接着，所有的工人都围了过来。我没有见过这种阵势，害怕工人们也把我当成了政府的人，然后，我不知自己会不会变成肉饼。

只见陈小乐不慌不忙地站在桌子上，双手高举，拍了几下，开始喊了起来：

"工友们，大家安静一下，听我说。"

他不这样还好，他刚一喊完，下面立即就炸开了。

"你算老几啊，你不就是想糊弄我们别闹事吗？我们不闹，你们能解决吗？"

只见站在桌子上的陈小乐掏出那包刚刚征用的白沙烟，拿出一支，点上,他左手夹着烟,右手拿着火机挥了一下,又喊了起来。

"工友们,我他妈的以前也是在工厂打工的,是做电脑设计的,去年才考上公务员。前年年底,金融危机,工厂倒闭,老板跑了,他妈的我们两百多号人,都等着拿钱回家过年,怎么办?"他猛地吸了一口烟,又喊了起来,"你们说怎么办?"

全场鸦雀,没有人知道他卖的是什么药。

"我他妈的都快要气疯了,我家是农村的,我妈还等着我的钱过年,他妈的,当时老子杀人的心都有了。"我已经发现工人们的情绪开始有稳定,甚至有人在暗暗地点头,陈小乐见场面控制住了,口气一转,"可是我不想惹事啊,我有一个弟一个妹,都在上中学,我只想要钱,要给我妈过年,给我弟弟妹妹读书啊,你们说,是不是?"

"是!"下面有不少工人喊了起来。

我看见工人们看他的眼神已经由怀疑变成了肯定,他俨然已经成了这群工人的带头大哥!

"可是那些他妈的工作组说,要拍卖、要清算,要这个、要那个,等他妈的把这些都弄完了,那老子是不是早就已经饿死了?"

"是!"更多的人喊了起来。他掏出了烟,把里面剩下的全部拿了出来,分给前面的几个带头大哥。

"兄弟们,其实我当时真的根本就不想闹事,我只想要钱!你们说是不是?"

"是!"几乎所有的工人们都喊了起来,尤其是前面的几个带头大哥。

"兄弟们,今天我来帮你们做一把主,老子管他妈的什么清算组,今天就帮你们把钱要回来,就现在,好不好?"陈小乐看来是完全入戏了,他已经在上面大喊了起来。

"好!"所有的人,包括我们,都一起跟着大叫。

他跳下桌子,走进屋去了,那里面有不少政府的人,看来是他把场面控制住了,再来仔细地商量一下如何继续糊弄这群工人。不到十分钟,他出来又上了桌子,这次,他刚才慷慨激昂的表情似乎没有了,换上了一副略带沉重的腔调:

"兄弟们,我跟他们商量过了,按照国家的流程,确实是要等抓到了你们的老板,由他来赔你们的钱,如果一时半会抓不到,也要等把这个工厂卖了后才能给你们钱;即使清算组一分钱不拿,要把这个工厂卖掉,再给你们钱,也不是一天两天的事。"

他此言一出,包括我在内的所有人都非常失望,但是没有人起哄、大叫,都在看看他还有什么办法,我竟然不怎么关心我是否能得到赔偿,而只是想看看这个小公务员如何把这出戏演下去。

"但是……"他突然话音一转,升了八度,"这样等来等去,老子没钱吃饭,怎么办,他们政府管不管我们的饭?"

立即得到了预料中的大声附和,工人们甚至包括我们,已经完全把他当成了代言人。

"兄弟们,你们看这样行不行,管他妈的卖不卖工厂,我让他们每人先给你们 2000 元,给现金,先有钱吃饭再说,然后你们先留下联系方式,等事情处理完了,再来慢慢地赔偿,好不好?"

"好!"所有的人,包括我们、保安、甚至那两个别着枪的警察,都一起跟着大叫了起来,响彻云霄,如同当年中国取得奥运会主办权一样令人振奋!

钱,是早就准备好了的,工作人员迅速拿出了表格,挨个点名,逐一核对工人们的身份证、工牌,然后签字、领钱,站在警戒线边上的警察,也站了过来,守住那个装着现金的大箱子。

领了钱的工人,再到另一个桌子前,留下自己的联系电话、家庭地址以及紧急联系人的电话,以便联系不到自己时,还有人可以找到自己,然后各自离去。

十九、兄弟

见到工人们都散开了,平息了,陈小乐似乎松了口气。看样子,他也准备撤了,我走到他跟前,说:"陈小乐,你把他们打发了,那我们呢?"

"你们?你们先去登记,然后按照国家相关的流程,等待处理,我们一有消息,就会立即通知你们。"这个变色龙,一转眼,就打起了官腔。

"那你为什么不让那些工人们回去等处理等通知?"我的口气开始有些硬了。

"他们情况特殊!"他的口气也不软。

"陈小乐,你们是不是大闹大解决,小闹小解决,不闹不解决?"

见他没有回答,我知道这是他的软肋,于是开始得寸进尺:

"你以为我就不能把我们这些受损失的人全部都组织起来,也来跟你们闹一闹?或者,我们都去堵路,工人们的那个大条幅,他们不用了,我们还用得着;要么冲进工厂去抢东西,抢到一点,我们的损失就少一点!"我在读书时,多次组织过大型的活动,把这帮乌合之众组织起来,小菜一碟!

可是陈小乐并没有被吓着,更没把我当成工友或者兄弟,很淡定地告诉我:"这是你的自由,不过,我要提醒你一下,根据新颁布的治安条例和国家的相关法律法规,要是你这么做了,你有可能会面临行政拘留,如果情节严重,那就有可能会被刑事拘留,到时候……"

这个王八蛋，一转身就变成了另外一个人：

"而且，我们在执法时，是全程录像的，那两个别着家伙的警察大哥就在跟前，我就可以当目击证人，如果真的到了那个地步，应该不会出现证据不足之类的情况，总之……"他抬起头，往二楼角上的一个房间看了看，我顺着他的目光看了过去，果然见到一个人，拿着一个小 DV，对着我们。"我看你既不像老板，也不太像老板娘，好像也不是什么采购、财务什么的，刚毕业的吧，是做业务，还是跟单的？你那么年轻，看样子能力也不低，将来肯定大有作为，现在犯得着为那些人，把自己都搭了进去？"

他说的这些话，有硬有软，既威胁了我，又轻轻地抬了我一下，立即就让我完全打消了跟他作对的念头，突然又发现不对，这个小兔崽子，跟我说话的口气，已经不像是政府人员跟老百姓，而像是老大对马仔，TNND。

"你有录像，我就没有？"我扬了扬刚买的 Iphone 4，在他冒充工人代言人、慷慨陈词的时候，我就把照相模式换摄影模式，我对它的摄像功能还是相当有信心的，"《政府工作人员爆粗口忽悠工人》，我把这段视频发到天涯、奥一、深圳之窗什么的，关注的人应该不少吧？"见他被镇住了，我继续说，"而且，'管他妈的什么清算组，老子要的是钱！'这句话要是流传开来，可能对你的仕途，不会有什么好处吧？说不定，你在一周之内，就会全国闻名，怎么样，要不要试试？"我又在他面前晃了晃我的 Iphone 4，我知道这也是他的软肋，政府是高度重视网上的民意的，网上群体事件的影响，不亚于现实生活中群体事件的影响。看样子，他被镇住了，口气一下子缓和了好多：

"大小姐，冤有头，债有主啊，是我欠你们的钱吗？"

"那你为什么给工人们钱，不给我们钱？"

"我哪有权利给工人们钱啊，那是维稳的专项基金，早就拿过来的。"

"是不是工人们容易闹事，就给他们钱，息事宁人，我们闹不起来，就不管了？"

他尴尬地笑了笑，没回答。其实，我也理解他们的苦衷，也明白应该给我们赔钱的，不是他们，而是那个已经逃逸的无良老板。

我回过头，往四周看了看，工人们都已经散去，我的那些同盟军们，也正在散去，我发现了一个问题，那些同盟军们，基本上都开着车来的，而我，却是坐着摩托车来到这个破工厂的，再跟陈小乐斗下去，也没有什么意义了，我得找个摩托车坐到有大巴的地方，可是，来的时候，太阳老大，现在天已经有些暗了，再坐那种摩托车，会不会不安全？

陈小乐似乎发现了我的窘境，主动地伸出了橄榄枝："大小姐，要不坐我的车，我带你一程，顺便请你吃顿饭，作为个人对个人的补偿吧。"我知道他还惦记着我手机里的那段录像，于是顺水推舟，坐上了他的车，一辆写着"行政执法"的老旧皮卡，至少，这比那摩托车安全得多。

在车上，我拿出手机，把那段视频回放，发现陈小乐的那段演讲，似乎包含了不少的技巧，我应该用得着。

"唉，陈小乐，我发现你的演讲后面，肯定有不少的技巧，我问你一些问题，如果你能如实回答，我就保证不把这段视频外传，如何？"

"大小姐，请你吃顿饭还不够啊，那些技巧，可是国家花了大价钱培训我们的！"

"那你不干？"说完，我晃了晃手机。

"好吧，你问吧。"他叹了口气。

"嗯，既然你们已经早就把钱拿来了，那为什么不一开始就每人发2000元，还要拖那么久？"

"我们刚来的时候，就是准备这么干的，可是他们已经快三个月没有发工资了，每人2000元肯定不够。"

"那么，你为什么要爆粗口，说你以前也遇到过无良老板，杀人的心都有了，等等。"

"这些都是危机处理时的高级技巧，叫作同理心，也就是把自己放在他们的位置上，说出他们想要说的话，这样一来，是替他们做了宣泄，能起到平息他们情绪的作用，另外，还能让他们在潜意识里，把我当成跟他们是一伙的，而不是对立的，这就非常有利于整个事件的处理，跟他们不能打官腔，那样的话，他们会非常反感的。"

"那跟我就能打官腔？还有什么高级技巧？"

他尴尬地笑了笑，继续说："最重要的一点是：正向加强！也就是在任何状态下,自己言行,必须是要对整个事件的妥善解决能起到正面的作用,自己说的任何一句话,任何一个肢体动作,都必须有利于舒缓他们的情绪,绝对不能图一时之快,逞口舌之能。"

"当时,我看到你没有要中华香烟,而拿的是便宜的白沙,为什么?"

"我拿烟,是为了发烟给他们,这样能快速缩短我跟他们的距离,尤其跟那几个带头闹的。如果拿的是中华,就会让他们有强烈的距离感,而他们平时抽的就是白沙烟这档次的,他们就会下意识地觉得,我也不是什么官老爷,而只是一个小公务员而已。不过,我确实真的只是一个小公务员而已。"

"当时,你答应帮他们拿钱,商量回来后,你的语气相当的沉重,说应该由他们老板赔之类的,然后再说给他们2000元,这又是为什么?"

"那时候,我已经取得了他们的信任,他们对我寄予的希望相当大,如果我进去回来之后,只给他们2000元,他们会不满的,因为一开始就是要给他们2000元的;所以,我一开始就要先调低他们的心理预期值,以为什么都得不到了,然后再宣布每人2000元,这样,他们就会觉得天上掉馅饼了。"

"你作为政府工作人员,为什么那么没有风度,又是指天,又是骂娘的,难道这也是你们的高级培训课程?"我有意将"高级"两字,说得重了些。

"大小姐,刚开始我还是有些风度的,大大小小的道理讲了一堆,但他们完全不听,然后又动之以情、晓之以理,增加了不少温度,他们还是完全没有感觉,后来我不得不又增加了些力度,才把事情摆平。如果我没摆平,事态升级了,那我回去就会被我们老板超度!"

"你们又不是开公司经商的,哪有什么老板啊?"

"我们私下里,都管自己的领导,叫作老板。"

"你为什么那么讨厌清算组?你好像骂了他们不止一次两次了。"

"不是我讨厌清算组,而是那些工人们讨厌,或者说,他们害怕清算组的人,阻碍了他们拿到钱,我骂清算组,实际上也是同理心和正向加强的综合运用。顺便给你说一下,我自己就是清算组的成员之一。"

我被震了一下,这个小公务员,竟然还有那么多的心机。

"那么,你是农村的,妈妈、弟弟、妹妹都在等着你的钱,当然也是假的了,这也是同理心和正向加强的综合运用吧?"

"不,这是真的!我先叫那些工人为工友,后来又叫他们为兄弟,我是真的把他们当兄弟,我知道他们的苦,我知道那一两千元,对他们和他们的家庭,意味着什么,我是真的想帮他们!"

二十、师兄

第二天回到公司,我向 Connie 汇报了昨天在模具厂的经历,还把照片和视频都给了她,过不多久,Jacky 又召集大家开会,没有谁能拿出一个像样的主意,我当然更没有什么好说的。我决定再去一次天宇拓公司,大不了我不干了,心中十分苦闷,明明不关我的事,为什么好像大家都盼着我能解决?

下午快下班时,我跟 Connie 请假,去天宇拓公司,不是想去解决什么问题,只是想做个了断,想看看,这件事最坏能坏到什么程度。突然想起大三时,我已经挂了两门,要是再挂上一门,学位证书将不保。当时我的 QQ 签名是:没有最坏,只有更坏!

我从林虹的眼神,知道了什么叫作阶级敌人,想想也难怪,她应该是他们公司的第一责任人。

郭天宇还是那么客气,只不过语气中已经流露出一丝不悦了。

"陆小姐,你们打算怎么办?"

"我……我也不知道,我们也是受害者,那家工厂的老板跑了,这、这是不可抗力的事故,我这儿有他们的照片和视频。"我希望昨天拍的那些资料,能让这位老板升起些许怜悯之心。

"哦,不可抗力?什么是不可抗力?"郭天宇扬了一下眉毛,他似乎对那些资料完全没有兴趣,根本没有要看的意思。

"不可抗力,就是不能预见、不能避免、不可控制的意外事故。"解释完我就开始后悔，那么大的一个老板，怎么可能不知道什么叫作不可抗力。

"那，你的这一堆的不能，就活该我倒霉？"

"不是，不是的。"

"什么是'不是'，那'是的'又是什么？"他的口气已经越来越硬了。

我涨红了脸，不知道该说什么，眼泪在眼眶里直打转，我拼命地忍着，不能让它下来。

郭天宇似乎注意到了我的表情，换了一个柔和的口气问我：

"你到这家公司多久了？"

"第四个月，刚过试用期。"

"这种情况你有没有碰到过？"

我摇了摇头，该死的眼泪终于夺眶而出。

"我是你的第几个客户？"

"样品单，出了十几个，正式出单的，你是第一家。"

他似乎陷入了沉思，然后问了我一个奇怪的问题：

"你是学什么专业的？"

"应用数学。"

"什么？"他好像有些吃惊。确实，学这个专业的女生并不多。

"你都学了哪些课程？"他看来似乎有些不太相信。

"代数学、几何学、概率论、物理学、数学模型、数学实验、计算机基础、数值方法、数学史……"

"哪个学校毕业的？"好像有些相信我是学这个专业的了。

"××学院。"

"什么？"他又叫了一声，惊异的眼神里流露出些许温暖。

我不知他为什么会那么吃惊，一个非211工程的学校，一个无人问津的垃圾专业，有什么好奇怪的。

"宋妈妈还好吗？"他轻轻地问了一句。

"啊？"我差点跳了起来，我大学的班主任姓宋，是个五十多岁的老太太，大家都叫她宋妈妈。"那是我们的班主任，你认识她吗？"

他不置可否地笑了笑，沉思了一会，说："你回去吧。"

"回去？那你，不找我们的麻烦了？"我有些不太相信。

"我在找你们麻烦吗？是我在找你们的麻烦？"

"不是的，我的意思是，你放过我了？"我有些不太择言了。

"我根本就没有把你怎样啊，这是公司对公司的事，再说，这也不是你的责任，不是你个人可以承担的。"

"那你的意思是，这件事，就这样过了？"我不太确认天下会有这样的好事。

"那我还能怎么办？天灾人祸，哦，不，你说的，不可抗力。"他笑了笑。

"我……我……谢谢啊，您看您哪天方便，我请您吃饭。"这话刚一说完我又后悔了，我一个小打工妹哪里请得起他？

这时，我突然发现他的办公桌上，有一个相框，三人的合影，一个是他，另两个，应该是他的太太和女儿。唉，为什么好男人总是别人的？突然又想起了昨天的陈小乐，本来说要请我吃饭的，还没到市区的时候，就接到他女朋友的电话，然后开着他的破车拦下一辆的士，扔下我就走了。

"吃饭？好啊，不过等这事办妥了再说吧，快回去吧。"

回到宿舍，赶紧给宋妈妈打电话，问她是否认识郭天宇？

"郭天宇，当然认识了。也是我们系的，跟你一个专业，95 届的，怎么了？你男朋友吗？"这个老太太，以前在学校时，在这方面管我就像管她闺女似的，比我老妈还要厉害。

"不是，不是，是我们的一个客户。能不能给我介绍一下他啊？"

"哈哈，他可是当年我们系出了名的正反两面的双料冠军，我们系足球队队长，当年我们系的足球，可是称雄全市的；是我们班三个预备党员之一，差点就要转正了，打架，黄了；当了一年的学生会主席，又是打架，被免。1994 年，我们系的两面墙上，一边是红榜，计算机程序设计地区第一名，全市院校辩论赛冠军；另一面墙上，黑榜，他因多次酗酒、打架，被记大过，留校察看，快毕业的时候，那个大过才撤销的。那次准备代表全市去北京参加辩论赛，结果头一天晚上太兴奋了，大醉，

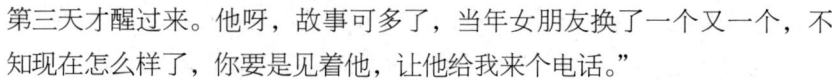

第三天才醒过来。他呀，故事可多了，当年女朋友换了一个又一个，不知现在怎么样了，你要是见着他，让他给我来个电话。"

我呆住了，这个儒雅、沉稳的郭天宇，竟然会有那么丰富的经历，瞬间我想起了，为什么当我说出毕业学校的时候，他流露出的那些许的暖意，也明白了，他为什么会放我一马，原来，他是我的师兄，大师兄；而我，是他的师妹，小师妹。

师妹这个词，让我想起了我以前男朋友的 QQ 签名：爱国爱家爱师妹，防火防盗防师兄。

他是防住了师兄，我却没有防住我上铺的狐狸精！

他以前女朋友换了一个又一个，现在结了婚，不知还会不会再换？唉，我怎么灾星刚脱，色心又起？真是不知羞耻！

回到公司上班时，Connie 并没有问起我去天宇拓公司有什么结果，毕竟，这是一个烫手的山芋，谁拿在手里都不太好受。Jacky 却把我叫到了他的办公室，想了解我去天宇拓的情况，我只是说他们再想想其他办法，下意识地避开郭天宇，没有提他。我以为 Jacky 会因此而松了一口气，然而他却说："Vicky，其实这个责任并不应该由你来承担，你没有任何过失，公司里没有人主动地站出来，这是不应该的。你放心，不管是律师函还是传票，或者还有其它的，我来扛！而且这件事，责任本来就该由我们来承担！"

二一、功过

我如愿地成了万元户，给老妈寄了 3000 多，又捐了 1000 给教堂，同时又默默地做着那些善事来积攒我的福报，晚上回宿舍，认真地填写着我的"改命计划"。

没过几天，接到了郭天宇的电话："陆小姐，那批货我们已经处理好了，你不用担心了。"

"啊，太好了，怎么处理的？"

"哦，卖给了另一家不需要 RoSH 认证的客户。"

"啊，哪家客户不需要 RoSH 认证啊？"

"这个，就不用你操心了吧，怎么，想跟我抢客户？"

"不是，不是，我哪敢！谢谢你啊，大师兄！"

电话的那一头，沉默了几秒钟。

"老宋妈给你说了？"

"是的，她还让你给她电话呢。"

"哦，是有很久没给她电话了，当年没少给她添麻烦。"

"大师兄，哪天有空，我请你吃饭？你答应过的，现在事也办妥了。"

我铁了心想要请他，哪怕花我半个月的收入，我也在所不惜。不光是为了同门师兄的情谊，更是为了他放了我们公司一马。

又是几秒钟的沉默："明天吧。"

"你想要吃什么啊？"心中祈祷，千万不要是太贵的地方。

"哦，明天再说吧。"

晚上在宿舍里，我犹如笼中困兽，烦躁不安，明天他会带我去哪里？我明天穿什么衣服？套装还是休闲装？明天要不要化点淡妆？我该对他说些什么？甚至，他会不会对我有非分的要求？如果有，我该如何拒绝？是不经意地婉拒，还是直接拉下脸来？要是他没有丝毫的想法，我又该怎么办？想到这，真觉得自己卑鄙，人家是有家的人，是有家室的人！

郭天宇并没有带我去某个会吓着我的地方，而是去了蛇口海上世界临海的一家烧烤店，一家很普通的烧烤店，就是撑死了，也顶多只能吃几百块钱。

吃烧烤的时候，他不停地问我学校里的事，离开学校好多年，都没回去过。

"大师兄，据说你很能喝酒？"

"哦，哦，那是以前，年轻的时候，闯了很多祸，也误了好多事，不过，今天是应该喝点吧。"

"啊，你敢啊，现在查酒驾那么厉害？"

"等等，我有办法。"

他掏出手机，打电话。

"老刘啊，最近在忙什么呢？……我没事，只是好久没联系了，问候一下……胖仔他们都还好吧……没事，没事……好的，好的……哪天大家都有空了，出来喝两杯啊……好的，拜拜。"

我不知道，这个无关痛痒的电话跟现在能不能喝酒有什么关系？

"我的一哥们，就是这一辖区负责抓酒驾的。他们执行任务时，手机是必须关机的，如果手机通了，那就说明，他们现在还没理这碴，我就可以放心了，哈哈。"

他叫了一扎生啤，送来了两个杯子，他给自己满上了，却没给我加酒："你能不能喝，能喝多少，自己控制。"说完就自饮起来。

看来他并没有把我灌醉的打算，我闪过一丝温暖，他应该是个君子。我象征性地倒了半杯，这种场合，应该淑女一点。

有一个菲律宾的小乐队，在这里唱歌助兴，全是英文歌，当他们唱起《Yesterday once more》时，我发现他眼里有莹莹泪光，这是我们在学校时，听得最多也唱得最多的英文歌，难道此情此景让他"昨日重现"？

一曲唱完，他端起酒杯，一仰而尽，然后站起身，走向台前，对那位歌手轻声的说了些什么，那歌手不住地点头，把话筒递给了他，然后冲着乐队喊了声："Sound of silence"，那听了无数遍的旋律响了起来。

……Left its seeds while I was sleeping
在我熟睡的时候留下了它的种子，
And the vision that was planted in my brain
这种幻觉在我的脑海里生根发芽，
Still remains……
缠绕着我……

他那略带伤感的浑厚男中音，轻轻地冲击着我的耳膜，我仿佛看见，我刚进学校时，在迎新生的晚会上，那个抱着吉他唱这首歌的男孩打动了我，在不久后，成了我的男友……

买单时，他并没有抢着买单，而是充满感激地看着我完成了这一过程，既保住了我的尊严，也让我兑现了诺言。

在我们准备离去时，他接到了一条短信，看罢，摇了摇头，苦笑了一下，将手机递给了我，上面的发件人是：老刘。内容是：别以为我不知道刚才你为什么给我来电话，我们马上就要行动了，五分钟后关机。你最好还是打的吧，到时候，别说是你，就是我亲爹，我也不会放过的。

"走吧，先到海边吹吹风，散散酒。"不等我答应，他就朝海边走去，我紧紧地跟上，快到海边时，风有些大，也有点冷，我向他靠近了一点。我不知是不是这个下意识的动作，给了他某种暗示，他伸过手，轻轻地把我的手握住，我本能地想抽回，却又有些不舍，身体有些僵硬地跟着他慢慢地走着。要是他有进一步的动作，我该怎么办？他会搂我吗？他会亲我吗？我该怎么拒绝？

但，什么都没有发生，我又微微有些失望。我是怎么了，这是人家的老公！

"走吧，回家吧。"

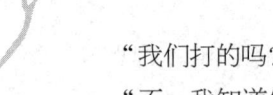

"我们打的吗?"

"不,我知道他们可能会在哪几个点查,绕开就可以了。"

"要是万一呢?"

"那,你就给我送饭吧,哈哈,里面是什么滋味,还真没尝过。"

回到宿舍后,又开始胡思乱想起来,要是他没结婚,该有多好啊,难道这个男人,真的就是 Angus 说的,我的屎壳郎?

在填写"改命计划"的时候,我有些迷糊了,今晚的事,该如何记?请他吃饭应该算是功,但跟他牵着手在海边散步,这也算是功?如果是过,那,过在哪里?

日子一天天过去,没有接到他的电话,也没有联系他。

在我渐渐平静下来的时候,却接到了他的电话,问我是否有空,再去吃烧烤?回请我一顿。

二二、好汉

　　还是那个地方，还是那个乐队，唱的还是那些歌，喝的还是那些酒，看他情绪似乎有些低落，估计是想找个人聊天解闷。暗自心想，原来我还是有可用之处的，在为他担心的同时，不免暗自得意起来。

　　酒喝到一半，那个菲律宾的歌手，主动地跑来，邀请他再上台去唱歌。他上去，唱了一首《Say you，Say me》，依然是那么悦耳。

　　"想不到，你唱得这么好，差不多是专业的水平了。"我有心说点让他顺耳的话。

　　他笑笑，摇了摇头，没回答，继续喝酒。

　　见他有些沉闷，决定找些他感兴趣的话题，也不枉了今天来陪他解闷。

　　"宋妈妈说，你以前是个电脑高手？"我对他以前的经历十分有兴趣。

　　"哦，年轻的时候，喜欢捣鼓那些，有一次还差点把自己玩进去，早不玩了。"

　　"玩进去？什么意思？"

　　"当时我们有一个小组，比赛，看看谁能攻破别人的网站，他们选的都是个人的小屁网站，而我却选了某个职能部门的网站，在他们的主页上，写上了'毛主席万岁！'结果拿了第一，在小组内的等级升了两级，但很快被警察找到，狠狠地教训了一顿，才把我放了，幸好写的是毛主席，而不是其他的。"

"啊，你当过黑客啊？"

"算是吧，当初纯粹是为了好玩，不过还是干过一点正经事。"

"黑客还能干正经事？"

"1999年5月的时候，美国炸了我们的南联盟大使馆，当时我是中国红客联盟的创始成员，就跟他们干了一场。"

"啊，怎么干的？"我来了兴趣，在大学里，我学过C语言和汇编语言，对于这类知识，一直是相当感兴趣，但苦于当时没有人教我。

"美国能源部网站上的星条旗，被换成了五星红旗，下面还写上了'打倒美帝国主义'，就是我干的！"我见到了他脸上放出了异样的光芒，好汉一提起当年勇时，那神态应该都是差不多的。

终于找到了他感兴趣的内容，以前在养老院跟那些老人聊天时，他们最愿意做的事，就是回忆当年如何玉树临风，如何威风八面，哪怕已经讲过N遍，还是百讲不厌的。

"你是如何做到了，能说详细点吗，让我能听懂一些。"

"哦，是的，你也学过一些基础知识的。"他仰起脖子，干了一杯酒，就开讲了。

"第一，得找一个选择适合自己的扫描器，扫描它们可能存在的漏洞。当时也没有什么顺手的工具，我用的是自己写的，哪像现在，随随便便就能在网上找一大堆。

"第二，确定IP地址，开始扫描。

"第三，确定它的开放端口，查看SQL–Server、FTP、NT–Server口令的强弱，和IIS是否有漏洞。

"第四，还要看看NetBIOS信息里的内容、远程注册表信息、服务器信息、主域控制器名称等等。

"第五，确定主机的操作系统，看看是Windows NT，还是Unix或者是Linux。

"第六，确定主机的名称、开放端口和共享资源。

"确定了这些，就差不多可以发起攻击了，当时我是通过远程溢出漏洞来攻击的，当然也可以用暴力破解，得到管理员密码，不过那太慢了。

"进了主机后，然后就将事先准备好的一张图片，比如五星红旗之类的,将他们的主页换掉。

"最后一步,要把那些WWW、FTP等等的日志,统统删除,再走人。"

"我上次,就是因为忘了删除那些日志,结果就被警察顺藤摸瓜,逮住了。"

"那么辛苦,仅仅只是换了人家的主页而已,这对他们有没有什么实质性的影响啊?"

"没有任何实质性的影响。就像后来我们又跑到广州沙面,一群苦大仇深的愤青,朝美国总领馆扔注了墨水的鸡蛋一样,对他们没有任何实质性的影响,只是让他们不爽,而我们出了一口气而已,况且换了别人的主页,他们很快又能换回来的。"

"那从网上盗取美国的军事情报又是怎么回事呢?"

"五角大楼的指挥系统,跟民用系统是从物理上断开的,那是不可能入侵的。"

"什么是物理上断开的啊?"

"就好比,你在学校时,你们的机房里有二十台电脑,互相连通,可以互相访问,但就是没有接互联网,你们可以一起玩CS,可以互传文件,但就是上不了新浪,也玩不了QQ,当然也偷不了菜。而外面的,就算是再顶尖的高手,也不可能坐在家里,通过网络,去偷到你们的文件。"

"那为什么,经常听到很多国家抗议,说中国的黑客如何如何,甚至说中国的网军如何的?"

"有一种可能,是有人通过民用的网络,进入到了民用的公司,偷到了军事的资料。比如,进入到波音公司的内部网络,偷走了F16战斗机的图纸。不过说实话,听到别人对我们抗议,我是非常舒服的。"

"什么,听到抗议,你还舒服?"这不是有病吗。

"有两种情况,在十年前,乃至更长的时间里,我们受到各种各样的委屈,只能通过抗议来表达我们的不满,而不能有任何实质性的行动,对我来说,这是一件相当憋气的事;而现在,我们听到的抗议越来越多,也就是他们越来越憋气!你想想,一种是我们受了别人的委屈,我们抗议别人;另一种是别人受了我们的委屈,别人抗议我们,这两种只能选一个的话,你愿意选择哪一个?"

"两个都不愿意！哎，跟我说说如何偷别人的 QQ 密码？"我对以前的男朋友一直耿耿于怀，一直想进他的 QQ 看看，他跟那个狐狸精到底怎么样了。

"你想干什么？这好像不是合法的啊。"

"我不想干什么，只是想了解一下，也好自己做好防范啊。"我的 QQ 前几天被偷了。

"偷别人的 QQ 密码，或者其他什么密码，通常用的方法是暴力破解，或者叫做穷举法，也就是将所有的可能统统列出来，然后逐一地去试。

"比如你的密码是 6 位数的，而且都是数字，跟银行密码一样，那么，就会有一个工具，叫作字典生成器之类的，把从 0 到 9，所有六位数的排列组合，统统列出来，形成一个新的字典。然后，再用另一种软件，通常叫作暴力破解器，把这个字典里的所有密码，拿去一个一个地试，直到试出来为止。

"当然这是最简单的密码破解，要不了多少时间就能破解。如果你的密码里，既有数字，又有字母，那么生成的那个字典将会很大，暴力破解也需要很长时间，如果你的密码，既有数字，又有字母，还有数字键上面的那一排符号，甚至字母还有大小写，如果是二十位以上的话，以现在的网速和 CPU 的速度，一般电脑至少得干上半年，才能一个个试完。

"现在不是好多软件上都有注册码吗？要你填上一个写得非常奇形怪状的数字或字母，这就是为了防止暴力破解的，因为那些数字或者字母，看起来虽然难受，我们还是能看得出写的是什么，但电脑就无法识别了。

"这是一类，还有另一类，木马程序。这个名字来源于古希腊的一个传说，当时希腊联军围困特洛伊城，久攻不下，于是假装撤退，留下一具巨大的中空木马，特洛伊城的守军不知是计，把木马运进城中作为战利品。夜深人静之际，木马腹中躲藏的希腊士兵打开城门，特洛伊沦陷。

"有一类软件就叫作木马软件，它会伪装成某种你熟悉的文件图标，比如 Word、Excel 文档，或者是 mp3、图片的图标，当你点击后，它会自动消失，这时，你就中木马了。专业点说，你的电脑成了另一台或 N 台电脑的客户端了，他们就可以远程操控你的电脑，工作原理跟 QQ 里的远程协助一样。不同的是，远程协助你是知情的，而且是你主动请求的，木马是在你完全不知情的状态下工作的，所以，来历不明的邮件，看都别看，直接就删了，尤其是那些带附件的，还有，来历不明的网站，最好也别去，有一些网页，只要你一打开，就中招了。"

"那中招了，最坏会有什么情况出现呢？"

"那他们对你电脑的操作，就像你对你的电脑操作一样，可以拿走或者删除你在电脑里的任何资料，有的还会安装一个记录软件，那么，从你开机到关机，你进行的所有操作，不管是键盘还是鼠标的操作，都会被记录，然后，再定期地发到他指定的邮箱里。还有其他更邪恶的软件，可以在你不知情的情况下，远程控制你的摄像头，那么，只要你一上线，他就能看到你的一举一动，而且还能录像。"

"所以，电脑上的摄像头，不用的时候，最好把它拨下来，如果是内置的，不用的时候，要设置为禁用。"

"还有，你的网上银行，最好不要使用普通的电子文档那种作为密码，要用U盘的，这样会更安全一些。"

说到这，他十分满意地又干了一杯，问："能听懂多少？"

"至少我学到了一些如何防范的知识，想不到你那么厉害。"望着这个老愤青，我的眼里充满了崇拜。

在养老院里，那个抗美援朝的志愿军老兵，几乎每次都会给我讲起他带一个排去炸掉据点还抓了舌头的故事，每次我都会用非常崇拜的语气告诉他，他们是真正的英雄，是人民的功臣，而且我经常都会让他再回忆一下，当时金日成是给他们敬的酒还是亲自送到了火车站。

酒喝完了，该回去了，他的情绪似乎好了不少，但他并没有提出再去海边散步，而是直接送我回家，这让我相当的失望。

二三、孽缘

在回去的路上,我不愿意这次见面就这样结束了。

"我的QQ被盗了,你能帮我弄回来吗?"

"你申诉没有?"

"申了,没用,早被别人手机绑定了。我大二时就开始用的一个号,以前从来没有想过要绑定手机。"

"怎么搞啊,现在的QQ密码都已经是二代保护了,好难的。"

"唉,说的时候,威风八面的,还以为是多厉害的黑客呢,唉……"

"别激我了,既然是手机绑定,如果拿不到那个手机的话,就只能进入到腾讯公司最核心的服务器了,有这功夫,都能进银行的服务器了。"

我的愿望落空,想想不知多久还能再见到他,不觉眼泪已经悄悄地滑落。

他似乎发现了,犹豫了一下,说:"好吧,我帮你去看看,但我确实没有把握。你的QQ是几位数的?"

"六位。"我以前的男朋友花了银子买来送我的。

"哦,可能是有人偷了拿去卖了,如果是这样,可能还好办一些。"

在打开宿舍门的那一瞬,我猛的有一种异样的预感:我是不是在引狼入室?

他没有对我的宿舍做任何观察或者并点评一番,只是催我快打开电脑看看,连我想给他准备点喝的都免了。看样子是想早点回去,不知是不是回去晚了会被他老婆修理？

果然，很快在一个 QQ 交易网上发现了我的 QQ 号正在被挂卖，一口价，1000 元，可能是因为我的 QQ 号里有两个 8 的缘故，是那一页里所有挂卖的 QQ 中最贵的一个。

郭天宇重新申请了一个 QQ，加了我的那个号码后面的联系 QQ。我不明白，他为何不用他的 QQ，而要重新申请一个，后来想想，可能是黑客的惯例，不留尾巴。

对方在线，也没有什么好啰嗦的，简单明了，1000 元，不还价，并且表示，已经有好几个人表示了兴趣。

郭天宇似乎无心恋战，直接叫对方给账号，马上就交易。账号发过来了，招行的，还是深圳的。

郭天宇从包里，拿出一招行的 U 盘，插入电脑，然后上了招商银行的网站，进入"个人银行专业版"，准备转账了。

"啊，你真的要付钱啊？"我吃了一惊，这不是我想要的。

他没说话，三下五除二地干完了，然后把转账成功的页面，截图发了过去。

对方倒也爽快，马上就发了一组密码过来，18 位的，有数字，有字母，还有数字键上的那些符号，当然，字母也分了大小写，看来都是行家里手了。

上 QQ，把这组密码，复制、粘贴、登录，成功。

"快换个密码吧，我回去了。"说着，拔下 U 盘，准备放回包里。

"等等，我把钱还给你。"

"算了，今天我学会了一点，那就是：吹牛是要上税的，这不，1000 块，下次再吹的时候，得换个税轻一点的，哈哈。"

在他还没有起身的时候，我发现了一个问题，修改这个密码，需要先进行二代密保验证，要用绑定的手机发一个短信到腾讯公司指定的号码，然后会收到 8 位数的验证码，只有输入正确的验证码后，才能更换密码和重新设定绑定手机。

"快让他给验证码。"我担心晚了会有问题。

郭天宇的新 QQ 还没关，他赶紧输入。

"请提供验证码,方便我修改密码,谢谢。"

"验证码?我有说过要卖验证码给你吗?"

"那你卖的是什么?"

"你看看前面的记录,我只说你给钱,我给密码啊,并没有说要连验证码一起给你啊!"

我跳了起来,大叫:"骗子,我要报警。"抓起手机,准备打110。

郭天宇制止了我,出奇的冷静。"这点事,就不要麻烦政府了,他们要做的事还有很多,我们自己来搞定吧。"说着,他重新坐了下来,开始跟那人聊天。

"那如果我要买验证码,需要多少钱?"

"2000元,一口价。"

"不要再给他钱了!"我又叫了起来。

郭天宇冲我摆了摆手,示意我别闹。

"等我考虑下,行吗?"

"好的,不过要快,如果有人对这个验证码感兴趣,只要能出价,我是会考虑的。"

"行……"

他上了一个黑客网站,下了个软件,捣鼓了十几分钟,取得了对方的IP地址,然后拿起手机,打电话。

"喂,小秦吧,能不能帮我个忙?我这有个IP地址,能不能帮我查下他的详细地址在哪儿?……明天来不及了,现在非常急用……你看看现在有没有哪个熟点的兄弟当班……现在真的很急……拜托了,真是拜托了……放心放心,这道理我当然知道……IP地址是:202.40.××.××。"

五分钟后,手机短信,上面是一个地址,罗湖区××路××号××小区,A座409。

他看罢,又打了一个电话:"老六,在哪儿……你现在手头有多少人……去帮我办件事……你们现在到罗湖区××路,需要多少时间?有个朋友需要按摩一下……记住:千万不能带刀,按摩一下就可以了,不能见红。然后,让他告诉我验证码……验—证—码,他知道的……我不知道他叫什么名字，应该是一个二十多岁的小伙子……不不不，一定要先按摩，完了再要验证码……我把地址发给你……现在就开工吧。"

我呆住了，面前这个稳重、儒雅的成功男人，他到底还有什么背景？宋妈妈说他以前爱打架，现在是不是还爱打架，只不过换了一种方式？

他走回电脑前，重新开始聊天：

"2000 元，可不可以少一点？我确实没有那么多。"

"好吧，看你有诚心，我降 200 元，1800 元。"

"1500 元行不行？我真的没钱了。"

"1600 元！如果你再讲价，我就下线了。"

"好吧，1600 元，但我现在卡上没有那么多，我叫朋友去柜员机帮我打款，可能要 40 分钟左右，行吗？"

"行吧，我等你 40 分钟，过了时间，我可能就不等了，要是到了那时，有人对这个号码感兴趣的话……"

"行，行，行，我让我那朋友快点。"

打完电话，他似乎轻了口气，问我："有没有水喝？"

我给了他一杯水，问："你怎么知道对方是个二十多岁的小伙子？"

"这行也是吃青春饭的，技术更新太快，一般过了三十，不管是体力还是智力都跟不上了，况且，三十岁是男人的一道坎，过了就应该懂事、要养家糊口了。"

三十岁是男人的坎？！我又想起我以前的那个男朋友，二十出头的毛头小伙子，果然是相当的不懂事！

"你叫去打架的那些人，是你养着的？"他在给黑道上的人打电话时，竟然像上级命令下级。

"不是，干一单活，给一次钱。"

"那干这单活，要给多少钱？"

"一两千吧，如果是打断他的手，就得万儿八千了，要是卸掉一条腿，就得两三万了。"

"要命呢？"我有些不寒而栗。

"不知道，没干过。"

"什么？那你断过别人的手、卸过别人的腿了？"我似乎有些发抖了。

……

"万一他们被抓了,会不会把你供出来?"

"要看是多大的案子,像这种小案子,抓到了顶多只是教训一下,付点医药费就放人了。"

"断手、断腿、要命的呢?"

"命案必破!这是铁定的,所以肯定会供的。如果是断手、断腿,那就要看外面的人会不会做了,你要是通过中间人,积极地赔偿,然后再去找关系把里面的人弄出来,那么,他们一般也不会说的。"

"那个人不是说,给他1600元就可以了,那你为什么要付一两千去叫那些人,而且还有好大的风险?"

"只是想出口气而已。"

"那小区的保安会放他们进去吗?还有,即使进去了,他们又如何进得了那栋楼,如何骗对方开门?"

"这行我也没干过,你要是有兴趣,回头我叫他们过来,你自己问他们吧。"

"啊,不不不,我不想见他们。"

"对了,你是不是也养着律师?"突然想起前几天,林虹就用律师威胁过我。

"没,也是干一单活,给一次钱。"

"那这帮打架的人和律师,对你来说,有没有什么区别?"

"都是拿人钱财,替人消灾,从这点来说,他们是没有区别的。"

我无语,在他的世界里,似乎是钱能搞定一切,那我对他来说,算是什么?也是用钱可以搞定的吗?

半个多小时过去了,突然对方的QQ里出现了一行8位数的数字,这肯定是验证码了,一输入,果然通过检测,然后赶紧更换密码和重新绑定手机,长长地出了一口气。

郭天宇的电话响了:"喂……是的,就是这玩艺儿,他骗了我1000元,让他吐出来……那他有多少……算了……把他的电脑砸了……喂喂,你们千万不要拿他的任何东西啊,拿了东西就是入室抢劫了……你拿手机拍张照片,发彩信过来我看下,这鸟人长得什么样。"

彩信很快就发来了，郭天宇看了之后，递给了我，果然是一个二十多岁的小伙子，脸上青一块、紫一块的，看上去十分瘦弱，嘴角还有血。跟我想象中可恶的骗子完全不是一回事。

我浑身发抖，猛地一下大哭了起来，郭天宇轻轻地把我揽到他的怀里，轻轻地拍着我的背……

二四、错爱

　　我成了小三！一个曾经被我唾弃了无数次、曾经让我最厌恶、最瞧不起的小三！一个永远见不得光、令亲人蒙羞、让朋友厌恶的小三！

　　一方面，在公司里，我花在找客户、注册网站上的时间越来越少，帮助同事的时候越来越多，但我的业绩却越来越好，客户越来越稳定，也越来越好说话，刁客不是变成了良民，就是逐渐消失，每个月的收入，能轻轻松松过万元，这也让我更加相信，只要我对这个世界无偿地付出了，我的运气就会越来越好，这既是上帝说的，也是菩萨教的，至少在这一点，我坚信他们说的都是对的，这是绝对的真理！

　　我给自己定了两个铁的标准，一是每个月至少要把50%以上的收入捐出去，其中30%寄给我妈，还会捐一些给教堂，至于其他的，只要是有募捐，不管是上帝发起的，还是菩萨召集的，我统统慷慨解囊；另一个标准是，至少要用50%以上的工作时间，去做与我自己出单无关的工作。亲戚、朋友、同事有困难，只要在我的能力范围内，一定会尽力帮助。唯独对街上形形色色的乞丐，由于我实在没有能力去区别他们的真假，只能统统拒绝，宁可怠慢一千个真乞丐，绝不便宜一个骗子！

　　在Jacky的不懈努力下，我还成了深圳义工联的一员，经常穿着个红马甲，去做着各种不同的善事，对我来说，义工联是深圳最温暖的地方，我愿意在这个组织里干一辈子，哪怕是没有一分钱的报酬。

　　最令我自豪的，是设计部的小吴，已经不仅仅让我抠图或者提一些建议，而是让我独立操作。刚开始，他会提供素材以及他的创意让我来做，虽然速度慢了点，但他见到效果不错，就开始得寸进尺，只给素材，不给创意，再后来，就变本加厉了，直接给一些简单的案子，既没有素材也没有创意，他只对我最终的结果提一些修改的建议，就直接出菲林印刷了。以至于到最后，公司毛绒玩具的所有宣传资料，都出自于我的电脑；我的义举让 Jacky 大为赞扬，他甚至自掏腰包，为我的电脑加了 2G 的内存，配了独立显卡，以便让我的电脑有更快的速度去运行那些图形设计软件，Angus 甚至揶揄道："Vicky 以后即使出不了单也不用担心生存了，直接调入设计部就可以了。"

在相当长的一段时间内，我的 QQ 签名不得不换成：灵感又不是曹操，说到就到！

到了这个时候才明白，其实不管是 PhotoShop 还是 CorelDRAW，或者是其他的什么设计软件，别看那些眼花缭乱的按钮一大堆，要学会并不复杂，真正需要的是创意，或者说，需要一定的天赋。

除了偶尔请我吃个雪糕甜筒什么的，小吴给不了我任何物质上的利益，但却从来不贪功，只要一有机会，肯定会在人前对我的作品大加赞扬，末了，总不忘加上一句：哪怕就是赶一头驴来，只要我稍微调教一下，就能成为设计高手，不信看看人家 Vicky！

我甚至还对公司产品的研发产生了兴趣，结合我们的产品，以及我对市场的了解，我设计了一方案，做一款新式的玩具，外形就像最受孩子们喜爱的掌上游戏机 PSP3000，但内容是不同年级所有的教学内容，相当于一个电子书包，同时嵌入 CDMA 模块，这样，根据基站的定位，家长就可以在任何时候知道孩子在哪里，如果能跟教育部门合作，那凡是有这种玩具的孩子，进出校门，都会发一条短信给父母。我先去问了设计部，如果做这个项目，从技术上是否行得通，得到肯定的答复后，认真地写了一个方案书，先给 Connie，她相当感兴趣，报给了 Jacky，Jacky 没有表态，报给了蔡总，三天后蔡总答复：领先时代一步，是先进，领先时代三步，是先烈！

在工作方面，我似乎顺风顺水，但在另一方面，我却不得不像一只在地下室里的老鼠，小心翼翼地偷吃着掺了毒的蜂蜜！

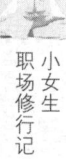

职场修行记 小女生

郭天宇有时会带着我去电影院看大片，他说在此之前他至少十年没进过电影院了。只要是热映的大片，我们几乎一场没落下，有时，也会跟我在宿舍里看从网上下载的那些刚出的美剧，有好多是没有字幕的，他能完全看懂，而我却连一半都不到。我依偎在他怀里，听他给我解释那些我看不懂的场景，我的听力飞速地进步，真希望这就是永恒；唯一遗憾的是，他从来不陪我看韩剧。

他会带着我去吃西餐饮红酒，深圳的几乎所有西餐厅都吃遍了，我学会了鉴别法国葡萄酒中 A．O．C（最高级别/法定产区葡萄酒）和 VIN de TABLE（日常餐酒）有什么不同，更知道了用红酒，尤其是昂贵的红酒兑雪碧，岂止是蠢猪吃了人参果，更是对一种有着悠久历史传承的严重亵渎，如同买了一台原装的 Iphone，专门用来砸核桃。

有时，我们会买一堆瓜子花生，在我的宿舍里，一人吹着一瓶啤酒，冲着正在播放的英超或者意甲大呼小叫。

有时他会开着车带我四处兜风，并且告诉我，如果时速超过 180 码，那电子眼就照不到啦，问我敢不敢试试。

有时，在某个僻静的路段，会把我送上驾驶座，手把手地教我开车，他的一大梦想就是参加一次充满危险、经常出人命的达卡尔汽车拉力赛，叫我要学会用 GPS、看地图，到时好做他的副驾驶，给他指路领航，可我却更憧憬着有朝一日他能带我去欧洲，在阳光明媚的法国南部某个小城，住上十天半月。

然而，我跟他真正意义上的旅游，却是在香港的公车上度过的。香港每年都有非常著名的全球电子展，两家主办方，两个地方，时间基本上重叠。一家是香港贸易发展局主办的，在湾仔，维多利亚港旁边，另一家是由环球资源主办的，在机场附近。郭天宇他们在湾仔参展，而我们在机场参展。他带了员工，我跟着团队，根本没有独处的机会，结果，他从湾仔过来以客户的身份参观我们的展台，我则以陪客户的理由跟他去了湾仔，环球资源有免费往返的巴士，每次要花三四十分钟。我们就坐在那巴士上，他握着我的手，来回坐了两趟，沿途欣赏香港的风景，真有人在车中坐，车在画中游的感觉。

柴可夫斯基的三大芭蕾舞剧《天鹅湖》《睡美人》和《胡桃夹子》，

在大剧院和保利剧院演出，我们每部至少看了三遍，甚至还领略了经典芭蕾舞剧《红色娘子军》的风采。

他会买一大堆原版的爵士、蓝调和古典音乐，边放边给我讲解，兴趣高了的时候也会为我清唱几首那些经典的英文老歌；他说他以前经常背着一把吉他，流窜在各大院校去泡妞，有天甚至还想买一把吉他回来重温旧梦，让昨日重现，可是一直都没有兑现。

他偶尔会提起要给我一些钱，我毫不犹豫地拒绝，并认为这是对我的极大侮辱，但当送我一台苹果笔记本时，我却欢喜雀跃，我甚至还希望他每次见我时，都能带给我一个心仪的礼物。

他对服装的搭配有着相当的天赋，好几次从香港带给我的衣服，都相当的般配，如同定做。

他能分辨出多种品牌的香水，教我在什么场合喷什么样的香水，以及该怎么喷。

他曾认真地跟我商量，他出钱，让我自己出来开一家小的外贸公司，就做现在做的业务，说我可以找其他公司拿货，光他一个人的单，就足够养活我了，况且我手头还有不少客户，他们对我已经有了基本的信任，可以名正言顺地告诉他们，我自己做了，货不变，价格可以比以前更好，唯一不同的是，他们打款的账号变了，仅此而已。

在我犹豫中，突然想起入职第一天，举起的左手，像克林顿宣誓就职时举起的左手，我坚定地摇摇头：不，我发过誓，绝不做对不起东家的事！但我没有想到的是，我现在正在做的，又能对得起谁？他的家人？我的父母？

我醉心于他的儒雅和稳重，又喜欢他的狂野和不羁；

我不想伤害自己的父母，辛辛苦苦这么多年把我养大有多不容易，我也不愿意伤害他的太太和那粉雕玉琢般的女儿，她们是那么无辜。但他轻轻的拥吻，却又轻易的让我把这一切统统抛诸脑后。

在不常见面的日子里，他每天至少有一个短信或者QQ留言，而我则严格遵守着那从未明说的默契：只用QQ或者MSN留言，从不在晚上和节假日给他打电话，绝不发短信；因为他更懂得如何保护自己的电脑而不是手机的信息安全。

他从来没有说起过，我们的将来会如何，也从未对我有过任何承诺，只是偶尔提起，在他最苦最难的时候，他的太太是如何的不离不弃，没有他的太太就绝对不会有他的现在，糟糠之妻不可抛。

我也从未暗示过，要他抛妻别女再来娶我为妻，但我却非常珍惜他跟我在一起的每一分钟，生怕我一不留神，他就会从我的世界中消失，我不敢想象如果真的有那么一天，我该如何活下去，哪怕我就是当一辈子的小三，做一辈子的妾，我也心甘。但我却又清醒地知道，肯定会有那么一天，我连小三也没得做，我害怕那迟早会到来的日子。

我倾其所有、义无反顾地爱他，可是，我又能得到什么？名分虽然不重要，可没有名分却让我做不了人，我该怎么办？

谁都希望自己的幸福是专属的，他的太太当然不例外，那被分流了的幸福，对我、对他和他的太太，又包含了多少痛苦？

我曾经问过他，你最爱的女人是不是我？在他犹豫着如何回答的时候，我忍不住叫了起来：你一定要骗我，就算你心里多不情愿，也不要告诉我你最爱的人不是我！他的回答却是：我最爱的女人是，我的女儿。

有一次，在 QQ 上，我说：风在刮，雨在下，我在等你回电话；为你生，为你死，为你守候一辈子；

他回了一个吻，我马上就回了一句：我发错人了！在得到惊愕的表情后，我更正：我爱错人了！

有一次，我一个人关在房间里想了好久，我是该认真地找个男朋友了，哪怕是自己完全没感觉的男人也无所谓，牺牲掉自己一个人，却可以成全多少人的幸福！我想起了陈小乐，但，那也是别人的男人，唉！

二五、伤天

在我整天沉浸在偷来的幸福以及深深的自责时,一场意料之外却又是情理之中的灾难降临了。

我的例假没有按时来,而在此之前,一直都挺准时的,又过了两周,还是没来,我有些慌了,这是我从未遇到过的。更要命的事,胸越来越涨,仿佛要爆炸,肚子也涨,还经常会疼,月经的那种疼,我还以为是例假马上要来了,但没来。

我在QQ上给郭天宇留了言,当天晚上他就过来了,带来了两种早孕的试纸,从包装上看,应该分别是最贵的和最便宜的两种。

用纸杯接了一杯尿,把两个测试纸都放了进去,不到五秒钟,两张测试纸上的第二条红线,都刺眼地跃了出来,不用说,我俩都知道了,我们中了头彩!

我没有问郭天宇,我们该怎么办。一个敢叫人去砍人手卸人腿的人,现在也失去了往日的镇定,他坐了下来,双手抱着头,一副完全不知所措的样子。就这样坐了半小时,我拍了拍他的肩,告诉他,他老婆喊他回家睡觉了,快回去吧。

他走的时候,似乎是非常内疚地抱了抱我,就离开了,没有吻我。

给师姐打了个电话,她很快就过来了,我吞吞吐吐地把所有的经过都告诉了她,她狠狠地说:"这帮孙子,他们只会进入你的身体,而绝对不会进入你的生活!他绝对不会想要你生下孩子,他不愿意承担那样的责任,他做出的那种痛苦的表情是假的,只是想让你知道,他也非常难受,如果你能自行了断的话,最好。说不定他还会给你一些好处。还有,他不希望你逼他说出他不愿意说的话。"

"什么叫'自行了断'?"

"傻妹妹,你应该明白吧!"

"我知道了,去哪家医院好?选哪种方式?"

"医院一定要选正规的公立医院,小的私人医院不但不便宜,还相当的不安全,至于方式嘛,一般是选药物。"

"我明白了。"

"以后要小心了,不要再中标了,否则,否则……你就可能想中标也中不了啦。"

"啊,为什么啊?"

"医师说,我以后能做妈妈的几率,已经很低了。"师姐的声音已经哽咽。

"我们都很小心的啊!"

"怎么小心?戴套了吗?"

"没戴套,但都是射在外面的,而且,我还会到卫生间里,蹲着尽量都流出来,还会用水使劲地冲。"我涨红着脸,小声地解释着。

"这些都是最愚蠢的方法,我中了四次标,都是这样中的,唯一安全的方法,就是戴套!"

"我知道了……"

"果园里有一棵苹果树,从开花到结果,都有一位或者N位园丁在灌溉施肥和精心呵护,当青苹果长大了,成了熟苹果。你说,该享用那熟苹果的,是园丁还是一个后来路过的人?"

"……"

"如果那个临时过路的人,偷偷地吃了那个熟苹果,不小心吃到虫了,该向谁去投诉,该向谁去申冤?苹果还是园丁?即使那苹果从园子里偶尔探出了头晃了几晃,它的根是在园子里,还是在园子外?还有,在深圳的这些老板们,大多数都是白手起家的,他们和他们的老婆一般都有共患难的经历,这样的经历,他们一般是不太会轻易舍弃的。再说了,他又怎么知道,你是看上他的钱,还是他的人?或者,如果他落难了,你还会跟他吗?而这两个问题,在他们的元配那里,都不会是问题!"

"师姐,他是真心的,真的。"我啜嚅着说。

"真心个屁!如果他真的会为你考虑,他就会知道,他是在消耗你的青春!他什么都给不了你,你每长大一天,本钱就少一分,等哪天人老珠黄了,谁还会要你?唉,男人出轨,那是因为我们帮他们铺好了轨,否则,他们往哪儿出啊?其实,我们都想弯道超车,可是一不小心,就会翻车的,如果弄不好,会把周围的好几辆车都弄翻,即使能真的超了车,过不多久,难保不被其他的车给超了。"

师姐走了,我怔怔地坐在床上,默默地流着泪,不知该如何面对,面对我的父母、面对我的同事们,甚至,我不知道我该如何面对,我肚子里的这个宝宝……

我亲爱的宝宝,你的爸爸不管我们了,可能是不要我们了……
宝宝,妈妈不哭,你也别哭,我们都不哭,好吗?

我知道,他是有苦衷的,你还有一个非常可爱的姐姐,还有她自己的妈妈,你的爸爸首先是要对她们负责,所以,就管不了我们了;
妈妈不怪他,宝宝,你也别怪他,好吗?

宝宝,妈妈是非常爱你的,我相信,你的爸爸也会非常爱你的;
但是,你选择了一个错误的时间啊,我亲爱的宝宝;
宝宝,妈妈不哭,你也别哭,我们都不哭,好吗?

妈妈还不敢让外婆和外公知道,妈妈现在还只是勉强能养活自己,没有能力养你啊……
宝宝,妈妈不想让爸爸开口把你杀掉,这样他会更内疚的,这种伤天害命的痛,让妈妈一个人担着,就行了,好吗?

你能理解妈妈吗？你能理解爸爸吗？

宝宝，妈妈不哭，你也别哭，我们都不哭，好吗？

宝宝，你爸爸他是个好人，一个非常优秀的男人，妈妈爱他，一辈子都会爱他，妈妈不后悔做了小三，如果时间能倒流，妈妈一定会义无反顾地选择重来一次，但妈妈会尽量选择一个合适的时间再让你来；

宝宝，妈妈不哭，你也别哭，我们都不哭，好吗？

宝宝，妈妈决定，明天，让你离开我，让你重新找到一个永远幸福的家；

妈妈爱你，妈妈对不起你，但妈妈不会祈求你的原谅；

但你一定要原谅爸爸，好吗？我亲爱的宝宝？

如果你有恨、你有怨，可以全部给妈妈，不要给爸爸，好吗？

妈妈愿意接受一切惩罚……

宝宝，妈妈不哭，你也别哭，我们都不哭，好吗？

……

我请好了假，没有人陪我，一个人去了医院。

人很多，但大多数是有人陪着的，我没有。

做了B超和基础妇科的检查。

医生的态度相当漠然，想多咨询些问题都不太愿意回答，就如同屠宰场里的屠夫对待牲畜一般。

医生的建议是药流，然后，签协议，开药，米非司酮和米索。

前两天按医嘱先吃了米非司酮，然后去医院，吃米索。

二十分钟左右开始肚子疼，疼得死去活来，没有人陪我。去洗手间的时候，也没有人能扶我一把，拉肚子了，下身有血，中间出了两次血；第二次的时候胚胎流了下来，我的宝宝，已经变成了白色的肉块，离我而去了……

疼，呕吐，没有起身的力气，差点晕倒了过去……

回宿舍后，一直在流血，连续两周，都在流血。腰疼、肚子疼，整个后背好像被挖空了一样，感觉像里面是凉的。

再去医院，医生看了B超单子，说没有流干净，要做清宫手术！

在上手术台之前，我得知做这种手术是不提倡做麻醉的。那个医生跟手起刀落的刽子手没有丝毫差别，我一开始忍着疼，后来变成了小声的哭，再后来，我真的忍不住了，大声嚎叫起来。我求医生先停一下，我真的实在是太疼，实在受不了，可他仍然不理我，从头到尾，他只对我说过一句话，那就是"把裤子脱了躺下"！我最后疼得把自己的手都咬破了，然后昏了过去，我醒来的时候，是躺在病房里，鼻子里插着氧气管，不知谁帮我穿好了裤子……

……

……

后来，郭天宇得知我独自去堕了胎，在如释重负的同时，也带来了一大堆营养品，在宿舍里，小心地陪着我一起看韩剧，还买了一把GIBSON吉他，边弹边唱那些曾经让他辉煌过的英文老歌。

有一天，在他走后，我在床边发现了一个厚厚的牛皮信封，打开一看，两万元。我感觉到一种强烈的侮辱，立即打电话让他把这些钱拿回去，他说他非常的内疚，这是一点点补偿，如果不这样的话，他会更加的内疚和难受。

我想把这笔钱捐出去，捐给那些正在受苦的女人，她们比男人们更脆弱，更可怜，更值得同情。在网上，可供捐助的对象很多，但我不想用我宝宝的命换来的钱，交给我不是百分之百信任的人，最终我选定由全国妇联主办的母亲水窖工程，将这两万元钱全部捐给中国妇女发展基金会母亲水窖基金，以帮助西部地区老百姓，特别是西部地区妇女摆脱因严重缺水带来的贫困和落后，希望她们都能跟我们一样，能够平等地享受各种权利，至少，能够像其他人一样能正常地喝到水，而不是每天往返几里、几十里山路去找生命水。

三个月后，我收到了一封挂号信，有一张公益性单位接受捐赠统一收据和捐赠证书。

尊敬的陆晓兰：

感谢您为"大地之爱·母亲水窖"公益项目惠捐人民币贰万元整（收据编号：0801749×××），特颁此证。

谁言寸草心　报得三春晖

中国妇女发展基金会

20××年4月15日

里面有一些照片，照片上是一些新建的水窖，上面都刻了相同的字：捐助者——郭小宇。

二六、意念

在公司里，Connie 似乎隐隐约约地猜到点什么，她虽然没有问我任何问题，却非常小心地尽量不给我安排任务，而且还经常派我出去干些并不重要的活，并告诉我办完事就不必回公司了，不说我都明白，她是在能力范围内尽量让我多休息。她还偷偷地告诉设计部的小吴，说我这段时间身体不好，尽量少给我活。对她，我无以为报。

我再次来到赫拉这里，我想让她一次性告诉我，我还有哪些灾难。她总是说还有很多东西，我的缘分没到，说了我也听不进去，我也要让她一次说个明白，不管自己能否接受，听了，放在心里，总是好的。

赫拉还在老地方，看她那神态，应该是在等我。她的脸上没有以往的笑容，眼神里似乎有很多的悲悯，不用问，她肯定知道我发生的一切。

"你明明知道我会做小三，还会去堕胎，你也暗示过我，但当时你为什么不明说？"在我不停地向赫拉抱怨的时候，我发现了赫拉眼眶里噙满了泪水。

"能说的，我都说了，但是你听不进去啊，小兰。"

"那我以后还有什么灾难，我现在都能听进去了，你能告诉我吗？"

"有些事，我确实也不知道；有些事，也确实轮不到我来说，这都是有因缘的。"

"既然一切都是有定数的，那我天天躺在床上等着，就好了，也不用去上班了。"说到这，我突然想起，第一次来这里时，她曾说过的强子的故事。

"其实我跟你的因缘，主要就是要教你，如何改变一些已经定好了的事。比如，让你马上就能转运之类的。"

"那你为什么不教我，如何避开感情上的灾难？"

"我没有教你吗？送你的那本经书，就是消灾免难的，不光是感情上的灾难，所有的灾难都减轻或者消除的，可惜，你总共只读了三次，哦，不，是两次半，要是你能每天读一遍，其实也用不了十分钟，你的灾难一定会大大地减少。"确实，我在家里读过两次，在郭天宇的办公室里，读了一半。

"那么，这次，你会教我什么？"

"意念的力量！"

"你是不是要教我，用意念把手里的调羹弄弯曲什么的，我学那个干吗？"黑客帝国的场景在我脑里再次浮现。

赫拉笑了笑，没有回答。然后拿出了一本书，递给了我。然后开始解释道："日本量子物理学家江本胜博士，以水为载体，做了一系列的实验，让水听音乐、读文字、看图片，还让水接受人的意识，并在零下5度的冷室中以高速摄影的方式，拍摄水在接受不同信息之后，水结晶的照片。得出的结论震惊世界：当水接受正面的信息的时候，水结晶的照片非常的美丽，而当水接受负面的信息的时候，水结晶的照片非常的丑陋，江本胜博士根据实验的结果，写出了一本全球畅销的科普读物——《水知道答案》。"

我捧着手里的这本《水知道答案》，随意地翻了起来，书里那些图片深深吸引了我。

我不明白，赫拉为什么让我看这本书，我好像有些明白，赫拉要教我的，不是去把调羹弄弯，而似乎跟我的命运紧密相连。

在我浮想连翩的时候，赫拉开口了："这些美丽或丑陋的水结晶的照片，会让你有所感悟吗？而我们人体60%～70%是由水构成的，能想象吗，正面的或者负面的信息，会给我们带来什么？

"你上次来，我告诉了你，我们的任何行为，都在种下不同的种子，而这些种子，经过一定的时间成熟之后，就会令我们感受到相应的果实。那么今天，我再把'种子生长规律'里面更深层次的内容教你，那就是，不同的思维，或者说不同的意识，是能够产生某种形式的能量，再说明白一点，意识也是能种下种子的！

"以前我给强子讲到这点的时候，他回去马上就做了试验，而且没多久就给了我反馈：

"他以前开车的时候，特别讨厌出租车，因为他们会经常突然刹车、变道、加塞、超车等等，所以就经常诅咒他们，巴不得他们倒霉，巴不得他们撞车，而一旦真的见到他们撞车时，就兴高采烈，还幸灾乐祸地狂按喇叭，甚至还想伸出头去大叫：你们也有今天！

"也就在那段时间，他的车经常莫名其妙地被撞，而且还被撞得挺离谱，后备厢的锁都已经换了三把！他也是在那段时间开始逐渐地意识到，拼命咒别人，可能最先倒霉的是自己。

"于是，再看到那些出租车在行驶中做出不规范的动作时，就尽量强迫自己对他们心生同情，人家起早贪黑的那么辛苦也不容易，交的租又高，还要被层层剥削，根本就挣不了几个钱，上有老下有小，要养家糊口……真的见他们出了麻烦，就尽量真心地想，他不但好几天挣不了钱，每天的租金，要继续交不说，还得赔别人的钱；并尽量真心地希望他们遵守交通规则，安全驾驶……也就是从那时起到现在，强子再也没被人撞过，也没有撞别人，甚至连细微的擦碰，都没有了。"

"这么说，希望别人落难、倒霉，可能最先倒霉的是自己，而真诚地希望别人平安，可能最先得到平安的是自己？"我恍然大悟。

"是的，再后来，强子又发现，除了开车，这一套规则还适用于生活的各个方面。

"你可以尝试一下：

"每天从醒来后，都怀着厌恶之心，诅咒周围的一切人，不管是谁，诅咒他们落难、倒霉、不得好死等等，三个月后看看自己如何。

"或者，每天从醒来后，都怀着感恩之心，祝福周围的一切人，不管是谁，愿他们平安、幸福、快乐等等，三个月后又看看自己如何。

"还有更神奇的试验：每天都看财经信息，不管是股市、汇市、还是楼市等等，一切你没有参与的项目，注意，一定是你没有参与的！

"见到涨了，你心生嫉妒，他们凭什么会有这样好的狗屎运气！情绪越强烈越好。

"见到跌了,你幸灾乐祸,'你们也有今天,哈哈!'同样,情绪也是越强烈越好。

"连续坚持三个月,然后看看自己的财运如何?

"或者——

"见到涨了,真心替他们高兴,如同自己也发了财,感情越强烈越好。

"见到跌了,真心为他们感到难受,如同自己也倒了霉,同样,感情也是越强烈越好。

"连续坚持三个月,再看看自己的财运如何?"

……

赫拉说到这里,停了下来,看着我别有深意地说:"意念中还有一种,是跟男女感情有关,叫作意淫,这也会给自己的感情生活带来不好的种子。"

说完,她喝了口茶,似乎是等着我提问。

"除了庙里的老和尚和死去的人,见了帅哥美女谁会不动心?"我知道她在说我,我以前一见到顺眼的男生就会想入非非,于是有些不服气,存心想把赫拉问倒。

"人非圣贤,大部分普通人都做不到美色当前不动心,这也是常情,但是常情可不一定都是正确的。我们都常常对社会的丑恶现象非常不满,但是这些常见的丑恶现象就是应该的吗?动心,有不同的程度,回报也有不同的程度。普通人开始不必先苛求做到100分,先不用管别人,自己也可先小小地做做试验,同样也是三个月,把与意淫相关的一切事,都带着强烈的感情,尽可能地去做,或者尽量不做,看看自己及周围的环境会有什么样的变化?"

"在脑海中想想而已,又没付诸行动,真的有那么严重吗?"我不甘心地问道。

"在一定的层面上,当意识的力量足够强大时,产生的效果并不亚于真实的行为!在行为上没有出轨,而仅仅是在思想上出轨,同样也是在种下不忠诚、伤害等等负面的种子!这个种子的强弱、大小、成熟的速度,取决于思想出轨时,自己感情的强烈程度:如果仅仅只是一瞬间的轻轻漂过，这个种子就非常弱，成熟的速度就会非常慢。如果是时间较长、情绪也较强烈，那么，这个种子就会强得多。"

"这也太邪乎了吧，照这么说，用手机发荤段子也是不能做的了，那有几个人没有用手机转发过荤段子？"

"其实不正当的、与'性'有关的一切行为，所包括的远远不仅是不忠诚，至少还包括着肮脏、恶心等等。

"同样也是发生在强子身上的事：他在几年前很喜欢转发各种编得有些幽默的荤段子，而且还喜欢跟周围的朋友开这方面的玩笑，也就是在那段时间，由于工作的原因，不得不去一些环境非常恶劣的地方，他自己住的地方，也由于历史遗留问题及市政施工，变得相当的凌乱和肮脏。这样一直持续到他对那些荤段子没什么兴趣了，过了没多久，同样也是由于工作的原因，他离开了那些地方。只不过是直到现在，他才慢慢明白，自己身处的那些污秽恶劣的环境，似乎跟那些引人心灵污秽的荤段子有关啊。"

我突然想起以前大学宿舍里的一个女同学，在她的男友的带动下，经常上网看那些带色的文字和图片，甚至有时还会转发给我们看，不知道现在她的感情是否顺利？

"如果某个人，在家里突然病危，这时：A君打电话请B帮助；B君迅速赶到，并将病人抱出家门；C君叫D君开车送人；D君开车送病人去医院；E君将病人抱进急救室；F君交纳各种费用；G医师抢救病人；H君照料病人。

"在这个过程中，如果从A君到H君，他们所做的一切，动机只有一个，救人！那么，他们，这八个人，全部都种下了挽救生命的种子，当这些种子成熟时，他们出现危难时，也一定会得到别人全力的救助！也就是说：在这个所有的过程中，只要参与了其中的任何一个环节，就能得到全部的种子。

"同样，如果一个人，自己观看色情淫秽信息，自己'意淫'，仅仅只是在自己的身上种下了负面的种子，如果他向外传播色情淫秽的信息（包括文章、图片、音视频等），尤其是通过网络传播，让更多的人因为他的传播，种下了负面的种子，而这所有的负面的种子，传播者自己也

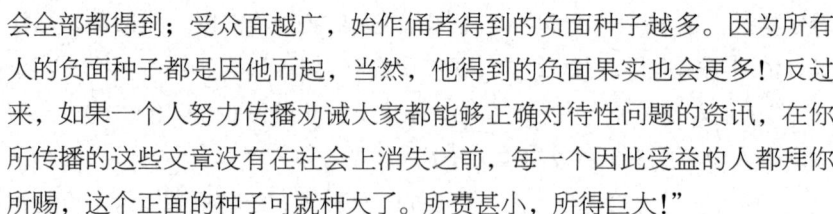

会全部都得到；受众面越广，始作俑者得到的负面种子越多。因为所有人的负面种子都是因他而起，当然，他得到的负面果实也会更多！反过来，如果一个人努力传播劝诫大家都能够正确对待性问题的资讯，在你所传播的这些文章没有在社会上消失之前，每一个因此受益的人都拜你所赐，这个正面的种子可就种大了。所费甚小，所得巨大！"

我沉默了一会，突然问道："那我做了第三者，种下了什么样的种子？"（我已经有些意识到，我跟郭天宇的关系，肯定是在这个范围内的。）

"不管是什么样的行为，有一个标准：那就是，是否伤害了别人，如果没有伤害到别人，自己就不会受到伤害。注意，这里的伤害，不光是语言和行为上的，也包括意识上的。"赫拉平静地回答我。

"既不能碰，又不能想，那活着还有什么意义？"瞬间，我又想起了郭天宇。

"给你重申一下，我绝对没有禁止你干任何事，而只是试图给你讲明白，一切行为可能会为自己带来什么样的后果，仅此而已。况且，难道你活着，就只是为了这个？难道你就不能认真地找个伴侣，互相忠诚好好地过日子？有一个幸福美满的家庭，这难道不是活着的重要意义之一吗？"

听了她的话，我逐渐意识到，不正当的性行为，可能会为我带来一些麻烦。

"之前做过的错事，有没有办法减少可能的负面结果？"

"自然界中的种子，当种下去后，把上面的土扒开，那种子还会发芽吗？而我们所做的一切事，不管是正面还是负面的，如果让它曝光了，让别人知道了，就不会发芽、开花、结果。"

"让所有人都知道，这点我办不到，还有没有其他的方法？"

赫拉想了想，说道："有！首先，如果有可能的话，要向受害者道歉，并祈求他/她的谅解，如果这点也很难做到，那就在心里默默地道歉并祈求原谅；

"其次，要对自己的行为深感后悔。

"第三，要保证决不再犯。

"第四，要做跟你的不妥当行为相反的事，比如，尽量帮助所有人远离一切形式的色情淫秽信息，尽量撰写、传播让人身心健康的信息……

"如果没有把握决不再犯，那至少也要每天发愿：以后要尽量少犯，直到完全断除！"

我长长地出了一口气了，觉得自己好像对赫拉所谓的智慧又理解得多些了："我明白了，你以前曾说过什么是佛教，诸恶莫作，众善奉行；今天讲的，就是上次你没有给我解释的'自净其意'吧？"

"差不多吧。"赫拉微笑着点了点头。

二七、情殇

我的身体和情绪一天天地恢复了过来，跟郭天宇的感情也成熟了好多，甚至有了几分老夫老妻的感觉，虽然我也相信赫拉给我说的那些，但我却又觉得，如果为了郭天宇，我什么都可以放弃，我甚至考虑在一个合适的时机，把这件事告诉老妈。在这件事上，我的羞耻心似乎越来越少，我越来越不在乎别人会怎么看我，我会尽力做一切事，为郭天宇好，其他的，就听天由命了。

郭天宇一直想让我换个住处，我住的是城中村，环境和治安状况都不太好。有天他兴冲冲地告诉我，他已经为我找到合适的房子了，在莲花二村。下了班后我跟他去看房，确实非常不错，两房一厅，80多平米，周围的环境相当好，但房租要3500元，郭天宇说他出这个钱，我不愿意，但我自己又不舍得花这个钱，犹豫了半天，只好作罢。依依不舍地走出了莲花二村，我挽着郭天宇的手，走在一条不知名的路上，路的两边有好多高大的树，地上不少树叶，踩在上面，咔嚓咔嚓的，夕阳西下，彩霞满天，唉，如果郭天宇愿意搬过来住，我倒是非常愿意住在这里的，哪怕我自己付房租。

正在做梦的时候，手机响了，接到了一条短信：别迷恋别人的哥，那不仅仅只是传说，而且嫂子会揍你的。我大惊，发件人是一个陌生的号码，我赶紧回过头来，四处张望，什么都没有发现，我回了一条短信：你是谁？

很快就收到了回复：姓名，刘永强，俗称，Angus！

原来是他，新的3G号码，可是他在哪里？

第二天在公司，见他没有任何异样，我也装着什么事都没有发生。

除了情感上的无奈以外，我依然将我50%的收入捐出，同时也坚持将50%以上的工作时间，去做与我出单无关的工作，我基本上已经成了设计部的一员了。很多的设计案子，是直接送到我这里，而没有通过小吴中转，小吴也乐得清闲，他那"赶一头驴来就变成设计高手"的玩笑话，已经成为整个公司的经典名言。

同时，我也越来越认识到，我能出多大的单，跟我是否掌握了某个秘密并没有必然的关系，于是，我将我心中的国家宝藏，那个用google翻译不同国家语言的技巧以及相关的方法，详细地整理成文，发在公司的内部论坛上，结果，引来一大片的赞扬声。Angus的回帖是：你是神！Jacky的回复相当令人感动：你是使者，来给大家传递福音！

然而，我最担心的那一天，终于来了。

下班，刚走出公司的那栋楼的大门，一个声音从我的侧面叫住了我，转过头，一个三十岁左右、衣着得体、长得相当面善的女人，正冲我微笑，这个人我似乎在哪里见过，但又一时想不起。

"Vicky 是吧？我是郭天宇的太太，你好！"她伸出了手。

我的头轰的一下，双眼发黑，全身好像有些摇晃，我也机械地伸出了手。

"我叫曾采雯，可不可以耽搁你二十分钟的时间？"不等我回答，她又接着说："这旁边有家星巴克，喝杯咖啡怎么样，就二十分钟！"

我没有丝毫拒绝的理由，只觉浑身发软，不得不跟她进了星巴克。

她点了拿铁，我要了摩卡，都是小杯的，还要了一些点心。看得出，她对这里应该是相当的熟悉，郭天宇肯定已经带她来过无数次，而我也是在星巴克，在郭天宇的指导下，才知道喝咖啡时那把小勺子不是用来舀咖啡喝，而仅仅是用来搅拌的，想到这里，不禁心里一酸。

我想起来了，我见过她，在郭天宇办公室的相框里，我突然有些自愧不如，她的层次应该比我高很多，她就是那个园丁，享受红苹果的人，应该是她而不是我。

她从包里,拿出一个相册,见我有些发愣,微微一笑:"我也是××学院毕业的,中文系的,跟郭天宇一届,我也认识宋妈妈。想不想看看我们的母校,在你还没有进来的时候,是什么样子吗?"

我勉强挤了点笑容出来,机械地点了点头。

她打开相册,第一张相片,已经有些发黄,背景是教学楼,那是我们学校的老教学楼,我在资料上看到过,在教学楼的前面,郭天宇举着他的太太,不,应该是他的太太骑在他的脖子上,两个人都非常的年轻,郭天宇那时好瘦,但相当的精神,那是他们的青葱岁月。

"那个时候,天宇一把就可以把我举起了,但现在我肥多了,他举不动了,现在只举得起珊珊了。"听郭天宇说起过,珊珊是他们的女儿。

翻过一张,是郭天宇在足球场上,赤裸着上身、手里挥舞球衣、在球门前狂喜的照片:"那一年,全市高校足球比赛,他攻进了制胜的一球,荣获冠军,这是天宇最喜欢的照片。"

又翻过一张,郭天宇头缠着绷带,左手也缠着绷带,吊起的:"唉,打架,头上缝了四针,左手尺骨骨折。"但照片上的郭天宇,一副嬉皮笑脸的模样。

相片一页页地翻过去,全是他们在校园内的青春年月,最后一张是他们穿着学士服,将学士帽往天上抛的快乐的情景。

翻完了,她又从包里拿出另一本相册:"我们大学毕业就来了深圳,双方家里的人都反对,他们都希望我们能留在当地。当时,我们刚到深圳时,两个人的钱全部加起来,才七百多元,先在黄贝岭那边,住30元的旅社,后来住十元店,甚至是五元店,差点走投无路的时候,我们才找到工作。他是学数学的,我学的是中文,结果,我去了一家软件公司,当营业员,卖软件,他去超市做防损员。"

在这本相册的第一页,穿着各自工服的他们俩,笑得相当灿烂,翻过一页,世界之窗的门口,他俩的合影:"世界之窗的门票太贵了,我们不舍得,只能在门口照了张相,寄回家,让家里人放心。"

又翻过一页,郭天宇穿衬衣打领带的照片,十分精神:"这是工作半年后,他由于工作突出,升任防损部副经理,那天他穿着雪白的衬衣,系着领带到我们店来接我,当时姐妹们都羡慕死了,都说,天啊,你男朋友怎么一下子变得这么帅啊。"

　　照片一张张翻着，采雯在逐个地讲解着，有的详细，有的一句带过，全是他们在深圳的酸甜苦辣的集结。从他们到深圳，一直到郭天宇开公司、她怀孕、生女等等，全有。其中有一张，她解释说，那是他们婚礼的照片，十几个人围着一张桌子吃饭，他们没钱，请不起大餐，只得邀各自的同事，吃了一顿，宣布结婚。

　　最后，讲完了，她还保持着淡淡的笑容，如同在跟她的闺蜜述说他们的幸福生活，合上影集时，她又说："那年我怀孕了，我变了形，他却依然英俊。有一天晚上，睡觉时，我实在气不过，我让他帮我揉揉腰，说我的腰好酸，他睡意蒙眬地摸了摸，咕哝了一句，腰都没了，还有什么好酸的……"我忍不住笑出了声，但抬头却发现曾采雯的眼眶却是红红的："那年，我们在岗厦租了农民房，420元一个月，有一个月我们都没钱了。房东天天来催，敲门，我们不敢开门、不敢开灯，也不敢说话，坐了一晚，当时我们抱头痛哭，天宇说，等将来有钱了，一定要把那栋楼买下，然后免费给那些没房的人住……前段时间我们还去那儿看过，他真有在那儿买下当年我们住的那栋楼的想法，可已经全部拆除了，那么苦的日子都过来了，可现在，现在……"说着，她的泪水夺眶而出，泣不成声。

　　我跟跄着回到了宿舍，呆呆地坐在床上，我在做什么？我只顾自己，差点把一个美满的家庭摧毁！如果我是曾采雯，我会怎么办？如果不是去跳楼，可能就会去杀人！可她却什么都没做，连一句责怪的话都没有，我哪里比得上她？天宇跟着她是幸福的，可我，一个无耻的强盗！

　　打开电脑，找到天宇的QQ，然后，将全部对话资料复制到一个word文档里。然后，按鼠标右键，点击"删除好友"，系统提示："您确定要删除以下联系人吗？天宇？"瞬间，我的泪水涌了出来，那一幕幕的甜蜜如同电影胶片定格般一帧一帧地在我脑海里滑过，在"将我从他的列表中删除"旁的小框内，打上"√"，然后，轻轻地吸了一口气，把鼠标放在"确定"上，闭上眼，屏住呼吸，轻轻地按了下去……

　　打开word文档，看着我们以前的那些留言，一行行地删，泪一行行地流……

我想给天宇写封信，找出了纸和笔，才发现，这是我有生以来，第一次用纸和笔写信：

天宇：

对不起，我不是故意要伤害你的家庭的，你有一个优秀的太太，她比我强得多。

天宇，我再也不会让你每天至少给我一条留言了。

天宇，你出差的时候，我再也不会要你给我带礼物了。

天宇，我再也不会说，我刚看见人家都是一对对的，我就好想你啊。

天宇，我再走夜路或到陌生的环境，我也不会很怕地抓紧你的手了。

天宇，我再也不会暗示你，你送给我的礼物已经足够多了，就只差一颗钻戒了。

天宇，我再也不缠你了。

……

天宇，我看到一条新闻，一个就读于吉林交通职业技术学院的女孩，跟她的男朋友在街上散步，一辆大货车向他们冲来。在事发的一瞬间，女孩将男友推开，女孩自己，被车当场轧死。我还看到有评论说，让那些被包养的小三们看看，什么是真正的爱情，天宇，我是小三，但不是被你包养的，我是真的爱你的，如果那个场景，换成了我和你，我一样的会把你推开的。天宇，我愿为你付出一切，天宇，我愿意为你去死。

……

写着写着，我趴在桌子，痛哭了起来，泪水将信纸全部打湿，拿着信纸，打开煤气灶，放了上去，白色的纸，变成了黑色的灰，飘了起来，有一小块，没烧完，又飘回到我的手上。

……苍天啊！请您听我这个犯下错误的人的忏悔，我曾爱上一个人，但给他和他的家人带来那么多痛苦，我错了，我将尽力去弥补。我祈求您，当他和他的家人，离开这个世间的时候，请您带他们到天堂里去。他是那样的善良和正直，但他爱上了一个不该爱的人，可这份感情是纯洁的、无辜的、也是永恒的！

二八、纠结

Connie 终于有了一个不错的男友,实现了她所说的,干得好并不妨碍嫁得好。不多久,她怀孕了,准备奉子成婚,在七八个月的时候,向老板请了长假,这是一种员工体贴老板的方式,不给老板增加负担,用这种方式变相辞职,老板当然心知肚明,给了一个大大的红包,算是回报。

没有任何意外、也没有任何争议的,我接替了 Connie,出任外贸三部的主管,基本工资 6000 元,餐补房补 2000 元,提成另算。在公司内部论坛相关宣布的页面上,回帖一大片,Jacky 更加坚定地相信了,我确确实实是神的使者。Angus 回帖,"我跟你混了",嘎嘎!还有实至名归、众望所归等等一大片,但没有什么路过啊,打酱油什么的。小吴的回帖有些怪怪的:你是巴黎欧莱雅,外三部已经拥有了你,设计部还能再拥有你吗?我当即回帖:嘿嘿,俺可以脚踏两只船!我既是外三部的欧莱雅,也是设计部的优乐美!

在就职的当晚,我们又来到了老地方,还是那景,还是那酒,只不过,情不同了,再次有了恍若隔世的感觉。

小吴也来了,望着他调教的那头驴升了主管,自然是得意非凡,他的经典名言又变成了:哪怕是赶一头驴来,给他稍微调教一下,就能当上主管,不信看看人家 Vicky!当有人问他为何自己没有当上主管时,他不屑地回答:游泳冠军的教练,还有不会游泳的呢!

Angus 在喝酒，发现了一个美女，瞟了一眼，又一眼，恋恋不舍。

Jacky 看到了，说，Angus，除了我以前说的那些外，我再教你一个行得万年船的绝招：

在我们这个时代，你必须把每次中奖都当成骗局，把每次艳遇都当成陷阱！

Angus 点头答应，却不忘又看了那美女一眼。

按照赫拉教我的，每天上班前，我都会在宿舍里静坐三十分钟，首先是将自己做过、说过甚至想过的所有违背良心道德的事，不管想得起的，还是已经模糊了的，甚至小学时偷偷拿了爸爸的钱这类的事，统统猛烈地忏悔，再尽可能发誓决不再犯，同时再真诚地发愿，愿公司发达，老板赚钱，同事们、客户、供应商统统都赚钱。

在公司里，几乎所有的人，都知道我的运气已经快要跟 Jacky 一样好了，根本不用管自己的客户，照样出单，一个人的业绩抵得上一个部门的一半，整天都在做着跟自己的销售不沾边的事，要么是竭尽全力地帮助新进的同事出单，如同当初帮我的 Connie，要么是整日整夜地赶设计图，要么就是买一堆同行的产品来研究，然后将研究的结果和建议上报……

虽然我断绝了跟郭天宇的所有联系，但对他的思念，却如同附骨之疽，不招即来，挥之不去，斩之不绝，有时感觉整个人被全部掏空了一般，甚至有时会感觉自己是一具行尸走肉，我尽量将全部身心都用在工作上，没事的时候，就狂读经书，赫拉说，这可以除灾和转运，我信，按照《水知道答案》说的，这些正面的信息，肯定会让我身体里的水分子更健康。当然，这还能挤掉思念郭天宇的时间和心情。

郭天宇也再没有跟我联系，曾采雯手段高超，对我，一招制敌！对她自己的老公，肯定也会有更厉害的招数，让他不得不就范，再不敢越雷池半步。我开始有些后悔删掉了他的 QQ，不然的话，我能以另一种方式感受得到他的存在，那种"千里孤坟，无处话凄凉"式的存在。我的 QQ 签名基本上是三天一换，好友们很容易因此而感受到我的心情，而他的却从来不换：Veni！Vidi！Vici！

这三个我从未见过的单词，好久以后我才明白它们的意义：公元前恺撒大帝在小亚细亚吉拉城大获全胜，报捷时用的3个拉丁语单词——我来了！我看见了！我征服了！那郭天宇呢，他是来了，也看见了，把我征服了，然后就撤了。

一天晚上，我在Q上漫不经心地看看有哪些好友在线，Angus的QQ签名也是跟我一样三天一换，今天的是："我单身，有空。性别：男，爱好：女"，真是无聊。前段时间他的QQ签名竟然是："谁是谁的老公，都他M的是临时工！知道你过得不好，我就安心了……"，这简直是有些无耻。蓦地发现师姐的签名也换了："山盟虽在，锦书难托"，我的心一颤，她不爱换签名，都是一些阳春白雪的内容，今天是怎么了？难道跟我同病？

高中的时候就对陆游、唐婉的爱情故事极为感动，对他们写下的千古传唱的《钗头凤》更是烂熟于胸，自己经常是爱上层楼、爱上层楼，写过一大堆悲情的烂诗、烂词，完全就是"为赋新词强说愁"，而今虽然还没有完全识尽愁的滋味，却也知道，天凉了，是秋天了。

我不知是将我的签名换成"欲笺心事，独语斜阑"，还是"怕人寻问，咽泪装欢"？

最终，我的QQ签名换成了："世界上最远的距离不是生与死，而是我在线，你却已经不在我的Q里了……"

又是N天过去了，依然没有一点点他的音讯，仿佛已经人间蒸发，在一个万般无聊的日子里，我拿出手机，几乎不假思索地按出了他的号码，虽然我的手机里已经把他删掉，但那串号码却已经刻进了骨髓，无法删除，给他发了一个短信："再陪我看场电影，《山楂树之恋》？好吗？"

几乎是过了一个世纪之后，我终于收到了他的回信：好。

还是我们以前常去的南国影院，物是人也没有非，但情却有些非了，郭天宇好像是换了一个人，有些拘谨，没有牵我的手，更没有像以往在进入电影院时轻轻地搂住我，甚至还下意识地四周望望，看来是怕被熟人发现吧。

电影刚一开始，我立即就被深深地吸引住了，竟然有了时空穿越的感觉，我不停地想，如果让我们一起回到那个年代，我愿意去写那个革命教材，他愿意去做地质勘探吗？

当老三说道："在这个世界上有这么一个人，他宁可死，也不会对你出尔反尔……你活着，我就不会死；但是如果你死了，我就真正地死了。"我回过头，看了看郭天宇，他满脸尴尬；在静秋和老三隔河拥抱时，我紧紧地依偎着他，潸然泪下；他终于伸过了手，搂住了我，还偷偷把我们两个座位之间的扶手推了上去，让我们之间不再有阻碍；在老三进入了弥留之际，静秋趴在床边痛哭流涕地不停呼唤着"我是静秋，我是静秋，你睁开眼看看我，你不是答应我听到我的名字你就会回来吗？"看到这里，我已经泣不成声，郭天宇也是泪光莹莹……

电影散场了，人都走光了，就剩我俩，苏联老歌《山楂树》在空荡荡的影院里回响着，我摸着他的胸口，问："你的心还在吗？"

"不在了。"

"到哪去了？"

"被狗吃了。"

"那狗在哪儿？"

"你要干吗？"

"我要吃红烧狗肉！"

……

读高中的时候，执手相看泪眼，竟无语凝噎式的场景，我幻想过无数次，当真的伤离别时，就只剩下冷落清秋节了。

看完电影后不到一周，我又着了魔似的想着他，给他发过多次短信，不回，实在是忍不住了，给他打电话，通了，却又马上被掐掉了，随即收到一条短信：对不起，您拨打的用户已结婚！

郭天宇没了，跟他三年多的恋情，这次，是真的没了……

二九、妙音

　　我不得不将全部身心投入到工作和善行当中，我们外三部的业绩比其他三个部门要高得多，在 Jacky 和我的带动下，外三部越来越多的同事都愿意在很多方面主动无偿地付出，我想，这也是我们部门为什么比其他部门厉害的秘密武器吧。工作是一方面，想要有个稳定男朋友的渴望却越来越强烈，连我老妈都开始在提醒我，差不多该有男朋友了，这期间，不停地有人给我介绍男朋友，我也去相过多次亲，但都没感觉。师姐说，不要再去想着找个又有钱、长得又帅、而且确实是单身的，这种男人已经绝种了，还是找个经济适用男比较现实一些，可是我见过面的那些经济适用男，都会不自觉地拿来跟郭天宇做比较，没发现有谁比得上他，比得上他的博学、多才、沉稳、狂野，甚至也没他长得顺眼，当然，事业也没他成功。我突然明白，为什么好多女孩都会爱上那些事业成功的有妇之夫，虽然钱是一方面，更重要的，这类男人身上，有着一种从骨子里渗出来的自信，那种迷死人的、根本不可能装得出的自信。

　　突然想 Angus 以前的 QQ 签名："读三国的启示：大小乔的经历告诉我们，有才有钱又长得帅的男人，一般没法陪你到最后，所以，我是不错的选择！"不知道他的这段话是针对谁说的，他无才无钱又不靓仔，要是真的有人选了他，那才是真的选了鬼！

　　后来才过了一天，他的 QQ 签名竟然是："总有一天，你的名字会出现在我家的户口本上！"这种无赖的执着，真让我晕倒。

今天他的 QQ 签名是："浮云啊，浮云，神马都是浮云！哥，现在是相当的蛋腚！"

这句话有点道理，刚结束的恋情还有其他什么的，都是浮云，我现在确实应该淡定些，我好像有点不那么讨厌 Angus 了，有时甚至觉得，经常看看他的 QQ 签名竟然成了一种乐趣。

想了想，将我的 QQ 签名换成了："格式化自己，是为了彻底地删除你！"

郭天宇已经成了我找新男朋友的一个巨大的障碍，我知道，我该去看看赫拉了。

赫拉还是坐在那里喝着茶，见到我，很开心地笑了笑，但没开口，我问：

"赫拉，你能教我如何找个好男朋友吗？最近我都快要烦死了。"

"男朋友？这个还不急，你还有更重要的事。"

"什么事？"我心里一惊。在深圳这么几年，我只要一过得安稳几天，就一定会有一件相当麻烦的事出现。

"别担心，只是你还有一件因缘未了，等你了了，再教你如何找男朋友。"

"什么因缘？"

"你去五台山，找一个妙音老和尚，他是你的有缘人，而且他还会告诉你，你的另一个有缘人。"

"有没有具体的地址？"我心想，五台山那么大，我上哪儿去找？

"没有，到了，你自然能找到。"赫拉在说这些话时，眼睛一直在望着那个遥不可及的远方。

"可是，如果我找不到他该怎么办？他有没有电话？还有，谁还能指导我找到他……"

……

沉默，令人窒息的沉默。

回到公司，面临两难的选择，公司现在是一个敏感的时期。有传言，老板将会退出具体事务的管理，做董事长，Jacky 可能升任总经理，同时会配副总经理一名，而我，坊间传言是三个考察的对象之一。如果在这个极为非常的时期休年假,明摆着是不想做这个副总经理,是对公司的蔑视还是另有打算。

请假的理由是什么?我听了一个神婆的话,要去五台山找一个没有任何联系方式的老和尚?或者,忘记这一切,继续上班?可是,我面临的这些问题,让我十分纠结,赫拉说的话,每次都是应验的,她让我现在去找那个老和尚,肯定是大有道理的,如果我错过了,可能会终生后悔。

第二天,找 Jacky 申请休年假,极为惊愕的 Jacky 得知我请假的理由,竟然只是太累了,想休息一下。在他的轻声叹气声中,准了我的假。第二天,我就坐上飞机,直飞太原,然后坐大巴,到忻州市,再到五台县,安顿好以后,决定次日上山。

到了五台山,才发现五台山远远比我想象的要大得多,不止是一座山,而是由 N 座山组成,要找和尚,当然就得先找到庙。问题是,五台山上大庙小庙一大堆,和尚喇嘛无数,我的天,我上哪儿去找?

路边有个小卖部,买了瓶水,顺便问问小店的老板,在哪儿能找到妙音老和尚?他的回答差点让我晕倒:"五台山有好多妙音老和尚,不过基本上都是假的。"

"哪里能找到真的?"

"不知道。"

我赶紧掏钱,又买了些东西,再问:

"那么,哪里能找到真的?"

"确实不知道。"这次,我看到了他眼里流露出的真诚。

在五台山转了一天,大庙小庙问了不少,没有,倒是确实真的见到几个自称是妙音老和尚的,在路边给人掐算前世今生、看相算命,估计不是我要找的。

晚上,找了个小店住下,做了一个离奇的梦,梦见韦小宝带着康熙皇帝,也来五台山了,好像是康熙皇帝要找老爸,醒来后,觉得这个梦十分搞笑,梦中的情景,似乎是在哪个电视剧里看到过,突然打了个激灵,都说康熙的父亲,顺治大帝,就是在五台山出家的,难道这个梦是在暗示我什么?

可是，我无论如何也想不起，顺治爷是在五台山的哪座庙出的家。迅速上网一查，结果是镇海寺。哈哈，原来菩萨是在告诉我，要到镇海寺去找。在去镇海寺的路上，突然想起，《鹿鼎记》里，好像是说顺治爷是在清凉寺啊，而且是始建于北魏的一座古刹。没费多少周折就到了镇海寺，然而，在这里，也没有找到那传说中的妙音老和尚，却看到了顺治爷写的一首诗，最后两句竟然是："朕今撒手归西去，管你万代与千秋！"好拽！但是其中的四句，却引起我的深思：

"未曾生我谁是我？生我之时我是谁？长大成人方是我，合眼蒙眬又是谁？"

对啊，我是谁？我是从哪里来的？我有前世吗？我又会去到哪里？来世真的有天堂或者地狱吗？

镇海寺是建在一个风景优美的山上，从寺院出来，念着这四句诗，不知不觉地往后山走去。走着走着，累了，渴了，远远地看到有一条山泉，准备过去洗把脸，再喝点山泉水，到了跟前，发现一个相当慈祥的老和尚，盘着腿坐在那儿，半闭着眼，莫非他就是？我心里开始狂跳起来。

老人也看见了我，微微一笑，开口说："深圳来的？"我猛点头，却说不出话。

又说："赫拉让你来的？"

天哪，终于让我找到了！我扑通一下，跪在老和尚面前，说："妙音大师，求您帮帮我。"

老和尚让我起来，但却微笑不语，我也坐下。突然之间，我产生了一种奇妙的感觉，我的满腹牢骚和心酸委屈，似乎都没有了，我甚至想不起来我还有什么问题以及为什么要来这里，就觉得，坐在这个老和尚身边，舒心愉悦，这是一种久违了的感觉。

过了不知多久，老和尚说，走吧，然后我跟着他，走了大约半个多小时的山路，来到一座小庙，里面供的菩萨不多，也没有游人香客，但却十分洁净。在小寺的右侧，有一间好像是专门接待客人的房间，我和老和尚在这里喝茶，我终于想起我此行的目的，正准备开口的时候，进来了一个眼睛大大十分可爱的七八岁小和尚，我正在诧异，这么小就出

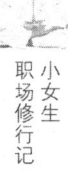

家，那他的父母怎么会舍得？小和尚顽皮地看着我，看着看着，我发现他的目光，好像是盯着我的身后在看，突然他说："姐姐，你带来的小朋友，为什么要哭啊，要他跟我玩，好不好？"

什么？我带来了什么？我发现我全身的汗毛瞬间全都竖了起来。

"你，你，看到了什么？"

"一个小朋友啊！"

"有多大？"

"好像是两三岁吧，他在哭呢，姐姐，他为什么要哭啊，他为什么不穿衣服啊？"

我两年前堕过胎，难道，难道，那个胎儿一直跟着我，而且还长大了，我浑身发抖，腿一软，一下就跪在老和尚面前，哭着问："师父，是不是那个我曾经堕掉的孩子，一直跟着我？"

老和尚轻轻地点了点头。

突然间，恐惧、悔恨等等各种情感，一下子全涌上了心头，我跪在地上大哭，哭了不知多久，才抽泣着问："老师父，我该怎么办？"

"孩子，起来吧，凡事都有解决的方法，要记住：有佛法，就有办法！你不是求过观世音菩萨了吗？如果不能救苦救难，哪还能做菩萨啊？"

啊，我张大了嘴，连我求观世音菩萨的事，他都知道？

"孩子，堕胎是一件非常可怕的事，你要知道，被你堕掉的孩子，跟你是非常有缘分的，要不然，他怎么会来到你这里？"

"是什么样的缘分？"

"孩子跟父母，一定是有非常深厚的缘分的。比如：在你的亲戚朋友里，有没有那么一两个人，总是自己没有什么出息，总在无休无止要求别人帮助，而且没有丝毫感恩之心？"老和尚没有直接回答我的问题。

"有啊，我的一个表妹就是这样的人，没考上大学，也不去打工，整天在家里，好吃懒做，让我舅舅和舅妈伤透了心，她还拼命向一切她认识的人借钱，我都借过好几次了，明知不应该给她钱，却好像又不得不给似的。"我确实有一个挺让我头疼的表妹。

"知道吗？你的这个表妹，就是来讨债的，你们前世都是欠她的，这一世，她讨债来了。"

"师父，真有前世吗？我的前世是什么？"

老和尚微微一笑，没有回答。

"还有，有没有见过那样的人，从小就给父母亲带来巨大的麻烦，长大后，更是用各种方式来伤害他的父母亲？"老和尚继续问。

"这个，我，我身边的好像没有，但在新闻里经常看到，沉溺于网吧、经常打架斗殴的、进了监狱的，不少是这样的人。"确实，这样的新闻，几乎天天都能看到。

"像这样的孩子，是来报仇的。"

突然，我的汗毛又竖起来了，那个跟着我的、在哭泣的、没穿衣服的小孩，他是来做什么的？

"当然，也不全都是坏的，也有一些孩子，长大工作后，懂得孝顺父母，经常买东西、寄钱给父母。"老和尚继续说着。

我心想，我就是这样的人，但我没开口。

谁知，老和尚竟然微微地点了一下头，说："是的，你就是这样的人，你就是来还债的。"

天，我再次被震撼，跟赫拉一样，他也能知道我在想什么！

"还有一类孩子，从小就非常懂得体贴孝顺他们的父母，为了父母，他们能付出一切。"老和尚继续补充道。

"是的，是的，我经常在网上见到这样的新闻。比如，才八岁，就已经帮身体不好的环卫工的妈妈扫地，而且是在凌晨四点半开始扫大街，已经两年多了；还有，为了给父母治病，卖掉了自己所有的家产；为了满足父母想旅游的愿望，辞了工作，骑着车，带着父母环游全国，还有……"这样的人，确实有好多，见到这样的新闻，常常让我流泪。

"这样的孩子，他们是来报恩的。""报恩"这两字，轻轻的从老和尚口里流出，让我浑身一震。

"老师父，我，我身后的这个孩子，他是来干吗的？"

老和尚闭上眼，过了一会，说："你在前世救过他的命，他本是来报恩的。"

"什么？本是来报恩的？那，现在不报恩了吗？"我发现我的思维开始有些迟钝了。

"孩子，堕胎比杀人更可怕。杀人，至少他还做了人，而堕胎，甚至连做一次人的机会都被剥夺了啊，即使是来报恩的，如果被恩人杀了，甚至连人都没有做成，就被杀了，如果是你，你还会报恩吗？"

"我会报仇！"我突然觉得有什么东西进入到我的体内，借着我的嗓门，恶狠狠地喊了一句。

"这两年，你的感情不太顺，甚至还差点出了大麻烦，你可知道为什么吗？"老和尚问道。

"难道，难道，真是报仇的来了？"我开始在发抖。

"在去年，哦，不，前年年底，在你们公司，有一次你捧着一大堆资料，急急地冲向电梯，差点出了事，还记得吗？"

"啊，这您都知道？是的，前年年底，我们那栋楼的电梯出了故障，我们在22楼，当时我抱着一大堆菲林，准备去印刷厂，因为司机已经在楼下等我好久了，见电梯门正好开着，就准备冲进去，结果被什么东西绊了一下，摔了一跤，菲林撒了一地，幸好摔了这一跤，才让我发现，电梯门是开的，但电梯却不在里面，里面是空的，黑咕隆咚的，如果我真的冲进去……"那是我长这么大以来，离死亡最近的一次。后来，那个电梯再次出故障，一个同样是抱着资料的女孩冲了进去……应该已经到天国了。这件事，当时深圳的各大媒体都报道过，让我后怕了好久。

突然，我猛地一惊，难道，那次事故，就是来报仇的？

"你可知道，当时是什么东西绊了你？"

"我也觉得奇怪，我起来后，除了我捧在手上的那堆菲林，在电梯门旁边并没有发现什么东西绊了我啊。"

"你可发现，你经常带在身上的什么东西，不见了？"

"这个，这个，好像是有一个，是我以前的男朋友，在深圳的一个庙里，求来给我的，是一个小的塑料片，里面装着我不认识的字。"郭天宇有一次去拜佛，求了一个护身符给我，尽管跟他分了手，可护身符我却一直带在身上。

我忽然想到了郭天宇："那么，呃，那么，孩子的父亲不会怎么样吧？我说过请宝宝不要怪他，我愿意承担一切后果，而且也是我自己做主,自己去堕胎的。那么他应该会没事吧?"

"任何一件事,无论好坏,不管任何人,只要参与了其中的一个环节,都会得到整个事件的全部结果。这个孩子的爸爸,孩子是他的,他并没有让你把孩子生下来,所以,他同样也是参与了堕胎,这是一个可怕的种子,一定会得到可怕的结果。"

我惊呆了,现在跟郭天宇已经没有联系了,我该如何去帮到他?

"老师父,当时我的师姐也是让我去堕胎的,那么,她是不是……也是参与了?那该怎么办?"

老和尚缓缓地点了点头,轻轻地说:"孩子,堕胎是一件极其可怕的事,所以,以后如果你周围有人想要堕胎的话,你一定要尽你最大的努力去劝阻,而且,你还要尽可能地帮她把孩子生下来,甚至还要尽你所能,通过各种不同的方式去照顾、抚养这个孩子,这样,不仅能帮你减轻你的罪业,还能增长你的寿命,为你培植无量的福报。"

"那,我该如何帮到他们呢,这个孩子的爸爸,还有我师姐?还有,哪里还能买到这种护身符?"

"你跟这个孩子的爸爸缘分已经尽了,看他自己的缘分吧。至于你的师姐,如果你愿意,就把我告诉你的这些话,也转告她吧。

"至于哪里还能请到这种护身符,过会再说,先来说说这个孩子吧,你想不想帮帮他?"

"想,想,当然想,我愿意为这个孩子做一切我能做的事,师父啊,求您救救,救救,我的……我的……孩子,救救我!"我全身发抖,跪在地上拼命地磕头。

"那好,你仔细听好,我教你。"老和尚一字一顿地说。

"第一,你要非常非常后悔你以前的堕胎行为;第二,你要发誓:以后决不再堕胎;第三,既然你跟观世音菩萨那么有缘,那你就要拼命地祈求观世音菩萨保佑你和你的孩子;第四,有一部经,你最好能每天都念诵,这样不但能帮到你的孩子,还能帮你延寿,你要知道,堕胎是会折自己的阳寿的,不仅如此,念诵这部经,还能帮你转运!除了这些,你还要多多地放生,并尽你的最大可能让一切人知道堕胎的危害!最后,你要将你所做的这些功德,回向给你那可怜的孩子,这样,他就有可能去到一个更好的地方。同时你也可以将功德回向给孩子的父亲和你的师姐，也能减轻一些他们的罪业。"说完，转身从书架上，抽出一本经书给我。

"师父，您刚才说的，那个护身符，在哪儿可以买到，您这儿有吗？"我还是念念不忘那个救了我命的宝贝。

"那是宝贝，但不能买卖，你以前佩戴的那个，是从深圳的一个老和尚那里请来的，不用花钱，这次你回深圳，还可以再去求一个，你跟那个老和尚有宿世的缘分，你可以去找他。"

"啊，又要我去找一个老和尚啊？您知不知道，为了找您，我满山遍野地找得多辛苦！那个老和尚，是不是也要这样去找啊？"

"不会的，他老人家可是全球闻名的高僧大德，本焕老和尚，你去了，尽人皆知的，也不会有人冒充。"看来，老和尚对我的遭遇挺清楚的。

"那我该如何去找，然后如何去求呢？"我想起来了，赫拉说起过这位神奇的本焕老和尚。

"你到深圳仙湖植物园，然后在植物园的里面，就有一座寺庙，在那里，你就能找到他了。"

仙湖植物园我去过，也知道里面有一座庙叫弘法寺，但没去过。

看到这么一位神仙般的老和尚，还有一个让他佩服的人，也不禁让我对那个本焕老和尚神往起来。

"而且，你跟本焕老和尚有着宿世的缘分，说不定你去了，你还会有新的发现。"

"师父，是什么缘分？我会有什么发现？"

"去了，你就知道了。"老和尚微笑着，我好像发现，我轻松了许多，我甚至还想找来刚才的那个小和尚，让他看看，我身后的孩子，是不是开心了一些。

拜别老和尚后，我回到了深圳。

按照老和尚的指引，我在一个阳光灿烂的下午，顺利地到了深圳弘法寺，根本不用问任何人，在寺里，就能看到本焕老和尚的照片和生平介绍，果然是一位非常了不起的高僧。而且，也确实在很多大殿的门口，看到赫拉说的那家房地产公司写着祝福语的牌子。

见到本焕老和尚时，已经是下午 6 点半了，那时，彩霞满天，老和尚正坐在方丈室外面的一张椅子上，地上坐着五六个孩子，在听老和尚讲故事，有一个年轻的僧人在旁边照看着。我走过去，正在考虑是要给老和尚鞠躬，还是磕头，然后再怎么开口说第一句话。刚一走近，还在犹豫的时候，老和尚抬起了头，慈爱地望了我一眼，突然之间，我感受到了强烈的震撼，我扑通一声跪下，抱着老和尚的腿，号啕大哭，几近昏厥，渐渐的，在那种半昏迷的状态中，我好像见到了我小的时候，爷爷奶奶牵着我的手的情景；再往前，我甚至看到了我刚出世时，接生我的护士；再往前，一片黑暗；再往前，看见一个农场，有一个中年和尚，在对一群鸭子念经，还见到了一个顽皮的小男孩，坐在旁边，边听和尚念经，边和鸭子玩。那个和尚经常教那个小男孩念经，一个晚上，那个和尚赶着鸭子回去的时候，有一只小鸭子陷在烂泥里，拼命挣扎，鸭群已经走得很远了，但没有人发现它，这时，小男孩发现了它，轻轻地将它救了出来，带回自己的家中，细心照料。第二天，小男孩将小鸭子还给了那个中年和尚……再往后，看到那个中年和尚，就是眼前的这位德高望重的本焕老和尚，那个小男孩，在那个缺医少药的年代，死于一场普通的疾病，然后，转世成为一个都市女郎；而那只鸭子，有机会转世为人，有机会去报答救它一命的恩人，但在它还没有出生成为一个真正的人的时候，就被它的恩人，杀了，用一种非常残忍的方式杀了。

……

后来，本焕老和尚送了我一个护身符，至今我仍然挂在脖子上，还有一串佛珠，同样，至今我仍然戴在手上。

我在弘法寺给我的那个未出世的孩子立了一个牌位，希望能得到庙里的师父们和本焕老和尚的照顾，希望他能早日去到那完全没有痛苦的天堂。

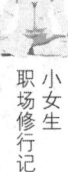
小女生职场修行记

三十、和谐

回到公司,一切事情都没有发生。蔡总找我长谈了一次,他希望我能继续保持原来的工作方式,并希望我能把我的经历,用大家能接受的方式推广开来,但最好不要用福气、运气之类的词,更不要涉及宗教或者任何神叨叨的内容,因为这些,某类人,可能会非常能接受;而另一类人,则是正好相反。为了大家都能接受,蔡总让我认真地做足功课,让全公司都能真诚地以助人为本。

蔡总做了一些纯金的小卡片,尺寸和厚度都跟一张普通的信用卡差不多,装在一个紫檀做的小盒子里,古色古香,还有一个沉香木做的底座,可以将这张纯金卡插在上面,卡片上印着两句话:以恕己之心恕人则全交,以责人之心责己则寡过!我和Jacky,一人得到一个。我知道这句话的大概意思,是对自己要严格,对他人要宽厚。跟赫拉经常教我的一样,宽恕别人其实就是善待自己。看来上帝和菩萨在这方面是相当有默契的。

两周后,公司的正式通知出现在内部论坛上,Jacky升任总经理,我,升任副总经理。

不少人都去揶揄小吴,问是不是随便赶一头驴去他那儿,给他稍微调教一下,就能当副总?这次,小吴似乎也不太好说游泳冠军教练之类的话了,我告诉他,我依然还是设计部的优乐美。与此同时,我也到书城去买了一些管理方面的书,像《职场谋略》《管人就这么几招》《潜伏在办公室》等等，里面的内容，大同小异，基本上都是员工和老板之间的猫鼠游戏，跟赫拉教我的，完全不是一回事。不过，目前对我来说，最重要的，不是职场的，而是要找老公了。

我认真地买了些好茶叶，怀着无尽的感恩，再次来到梧桐山脚下，见到赫拉，我献上茶叶，恭恭敬敬地给她磕了个头，感恩这些年她对我的指导，要是没有她，我不敢想象自己会成为一个什么样的人。

"赫拉，我已经做了你要我做的了，现在，能不能告诉我，如何找到一个好男朋友？"

"哈哈，其实我早就告诉了你，只是你没有悟到而已。这个秘密很简单，那就是：不管你想要得到什么，就要先给出什么！你一直在给钱出去，你的财富就一直在增长，你一直在付出尊重，现在升任高位，就是得到了更多的尊重！不过，关于男朋友方面，有一些误区，你一定要注意：绝对不是漂亮、身材好、厨艺高、更像淑女、在某些方面更有修养等等，就能找个好男朋友！有很多优秀男人的太太，这些指标她们基本上都没有，但这并不妨碍她们能嫁一个好老公。前段时间，有家航空公司的空姐集体征婚，这也从一个侧面说明了这一点。你要想有个好的归宿，那需要在这方面有很大的福气才行。"

"那我是不是要送给别人一个男朋友，我才能得到一个男朋友？"突然想起，我把郭天宇还给了他老婆，不知这算不算。

"其实，一个好的男朋友，广义上来说，是和谐的伴侣，你要尽可能地送出和谐，培植自己在这方面的福气，不做违背和谐的事，就可以了。"

"那能不能说具体点呢？"

赫拉喝了一口我给的茶，微笑地点了点头，以示赞许，说道："和谐的方法有三个方面，第一个方面，是行动方面的：

"可以向未婚者介绍适合他们的异性朋友。

"持续关心孤独、寂寞的人，尤其是我们的父母。

"阻止他人的不正当性行为。

"参与制作、传播劝人戒除不正当性行为的网站、视频、文字、图片等。

"关心在感情或婚姻中受伤的人。

"认识到不正当性行为的害处而断除不正当性行为。

"调和其他夫妻、情侣的伴侣关系,调和他们之间的矛盾。

"调和自己及身边所有不和谐的关系,包括同事、亲人、朋友、团队等。

"促进自己及身边所有的关系使之和谐,包括同事、亲人、朋友、团队等。

"第二个方面,是语言方面的:

"以语言规劝他人保持纯洁正当的男女关系。

"以语言促进他人伴侣关系保持和谐。

"以语言调和自己及身边所有不和谐的关系,包括同事、亲人、朋友、团队等。

"以语言促进自己及身边所有的关系使之和谐,包括同事、亲人、朋友、团队等。

"第三方面,是意念方面的:

"真诚祝愿天下有情人如愿地终成眷属并获得和谐伴侣关系。

"为他人的和谐关系而高兴。

"为他人的婚姻或合适的情侣关系幸福而高兴。

"希望人人都和好,所有的家庭、团队都和谐。

"在心中计划如何去照顾孤独、寂寞的人,记得在计划后要付诸行动。

"在心中计划如何去和合他人伴侣关系,记得在计划后要付诸行动。

"在心中计划如何关心在感情或婚姻中受伤的人,记得在计划后要付诸行动。"

"是不是做到这些,就可以找到男朋友?"

"别急。"赫拉笑了笑:"还有一些事,是不能做的,如果做了,那你找到一个好男朋友的可能性会大大地降低。

"第一个方面,也是身体方面的:
"婚外恋。
"卖淫嫖娼。
"一夜情。
"手淫、口交、肛交等。
"销售或使用各种性用品。
"婚前性行为。
"夫妻性行为无节制、过度。
"参与制作、传播、观看黄色或有色情内容的网站、视频、文字、图片等。
"为他人不正当性行为提供便利。
"未婚者拥有一个以上异性恋人。
"与已婚者走得过近。
"与伴侣在公共场所过分亲密。

"第二个方面,是语言方面的:
"以语言离间其他夫妻、伴侣,哪怕他们的关系并不和谐。
"以语言离间其他人或团体的关系,包括同事、亲人、朋友、团队。
"向他人宣讲黄色笑话。
"以语言向非伴侣调情。
"与他人开感情方面不适当的玩笑,无论是否引发对方的不恰当念头。

"第三个方面,意识方面的:
"对非配偶'性幻想'。
"没有节制常常想着性方面的事。
"想象色情场面。
"回忆看过的黄色或有色情内容的网站、视频、文字、图片等。
"希望其他夫妻或情侣分开。
"希望其他人、团体的关系不和谐,包括同事、亲人、朋友、团队等。

"因为他人的结合或幸福而产生生气、嫉妒等情绪。

"觉得不和谐的夫妻还是分开为好。

"认为某对夫妻不相配或者某对情侣不相配,其实这种想法的潜台词是他们不该在一起。

"希望已与他人结婚的异性是自己的伴侣,哪怕只想了一秒钟。

"不同程度地赞同或羡慕过他人不正当性行为。

"认为不正当性行为是正常的事。

"在内心嫉妒比自己更受异性欢迎的同性。

"……

"如果你能完全做到,要不了多久,你的如意郎君就会出现,不是你去找他,是他来找你!"赫拉说这句话的时候,相当的肯定和坚决,如同她以前告诉我,只要我把钱给出去,钱,一定会从某个我意想不到的地方回来,而且是加倍地回来!

三一、宠辱

我的第一个关于事业的目标早已顺利达成，也就是说，我的"改命计划（一）"已经取得了初步的成果。自从我作出计划并付诸实践开始，我的事业就在节节攀升，我现在甚至已经不那么在意我的职位和我的账户了。在我坚持力行了三年后，我的职位、薪水和团队已经远远超过我当初的预期。因此这次我对于找伴侣也有着相当的信心。

我重新买了一本更精美的记事本，郑重写下"改命计划（二）"，新目标自然变成了"寻找如意郎君"。我将赫拉传授的方法以及禁忌一一列入我的计划：

（1）坚持每天和老爸老妈聊几句，这次中秋长假一定要回家陪陪他们了；

（2）每周六参与深圳义工联的"为孤老送温暖"活动；

（3）劝师姐以及其他姐妹远离小三的恶名，并告诉她们危害；

（4）有机会就给 Augas 介绍一个女朋友；

（5）清理衣柜，把那些过于暴露的衣服清理出去；

（6）尽量少去帅哥出没地带，即使有帅哥对我吹口哨，也只当没听见，目不斜视；

（7）去相亲前，一定要搞清楚对方到底有没有太太或者女朋友，身份不明的坚决不与之在一起；

（8）每天真诚祝愿天下有情人终成眷属，并获得和谐伴侣关系；

（9）任何夫妻、情侣、同事、朋友中的矛盾，都设法去调和；

（10）避免看电视、网络、杂志上的明星八卦（无非是一些看到人家合就说风凉话，看到人家离拍手称好，看到人家有绯闻就兴奋的变态消息）。

我一丝不苟地按照赫拉教的方法去做，同时每天真诚地发愿，愿天下所有的单身者都能找到如意的伴侣。

但是，半年多过去了，依然没有任何动静，我对这个理论绝不怀疑，可我却怀疑自己是不是哪个地方弄错了？为什么还没有出现我想要的结果？

有天我在Q上闲逛的时候，发现N久没联系的陈小乐竟然在线，自从那次从Q上将我拍的视频和照片发给他后，就再也没有见过他在线，他的QQ签名竟然是：花开花落，云卷云舒。这个农村的小公务员，竟然也会有这份闲情，正想给他打个招呼，问他当官没？突然一想，不对，他是仕途中人，怎么可能会有这种心态？当年"华南虎事件"中，陕西林业厅的一个高官下课以后，就用"宠辱不惊，闲看亭前花开花落；去留无意，漫随天际云卷云舒"来明志，难道陈小乐也下课了？不对啊，我记得他当时告诉我，他只是一个最低级别的小小的科员，哪有什么课可以下？

我抛过去一个微笑，很快，他也回了一个微笑。

"喂，陈小乐，你当官没有？还记不记得欠我一顿饭？"

"啊，对了，还欠你一顿饭。"

"当官没有啊？"

回来的是两个图案，左哼哼和右哼哼，没有文字。

"那你结婚没有啊？"我怎么永远都改不掉这个该死的毛病，人家是有女朋友的人了。

还是那两个图案，左哼哼和右哼哼。

"喂，你不会说人话啊？"

这次回来的依然不是人话，而是一个委屈的表情。

我意识到，他好像是遇到了什么麻烦，那次在模具厂，他的机智和应变都给我留下了相当深刻的印象，如果不是什么非常大的麻烦的话，他肯定不会是这样的，难道是失恋了？我有了一种很想帮帮他的冲动。

"你是不是遇到了麻烦？想不想转运？"

"你会巫术？"终于，他开始说人话了。

"切，我遇到一个高人，她能帮人转运。"

"哦。"

"怎么，不信？我告诉你，我刚来深圳打工的时候，每个月才挣两三千，现在两三万了，都是那人教我的。"

"什么，还真有这样的事？"他似乎有些心动了。

我让他等一下，然后迅速进入招行网上银行，将我近两年的收入排了出来，然后，截图，发了过去。

"啊，是真的啊，比我多多了，我都想去做你那一行，你们还招人吗？"他这句话不知是真是假，却让我大吃一惊，看来真的是事业不顺了。

"要不我带你去见见那位高人，如何？"

"行啊，顺便还你一顿饭。"

"一顿肯定不行，那么久了，滞纳金和利息，怎么算？"

"那就两顿，好吧？"

还是在一个阳光灿烂的早晨，我又备了不少好茶，带着陈小乐去见赫拉，她对于我们的到来，没有丝毫吃惊，这个老太婆，心里跟明镜似的，啥都知道，噫，我为什么不问问她下期彩票的开奖号码是多少？

在我考虑如何介绍陈小乐的时候，赫拉却先开了口："小乐，坐。"

陈小乐一惊，怀疑地看了看我，那眼神我看得懂，我跟赫拉是不是提前串通好了的？

我们还没有坐稳，赫拉突然换了一副口气，恶狠狠地说："陈小乐，我告诉你，女朋友没有了，可以再找，就是工作没有了，也可以再找，可要是群体性事件压不住，出了大事，别说是你，就是老子，都扛不住！一个女人算什么？！"尽管我早有思想准备，但这突如其来的一席话，还是让我吃惊不小,再看陈小乐,他张了张口,似乎想说些什么,却又什么都没说出来,看来是被镇住了。

"我知道你有好多问题,你慢慢问吧。"赫拉微笑着开始泡茶,然后给我们每人一杯。

陈小乐喝了一口茶,平定了一下情绪,然后开始了他的问题。

"在来的路上,晓兰给我介绍了你教她的那些转运的方法,我不太接受,她现在经济状况的好转,跟她运用的那些方法,应该是没什么必然的联系,只不过是两类事件,在时间点上偶然的联系在一起了。"

"为什么呢?"赫拉似乎早有准备,依然微笑。

"我在读大学时,就是我们学校禅修社的成员,除了禅修外,当时我们相当的推崇《了凡四训》,还有《俞净意公遇灶神记》,而且大家都照着上面说的去做,毕业这些年,我们中的任何一个成员,都没有因此而发财。晓兰跟我说,她是力行那所谓的种子理论获得了成功,但我认为这种幸运是偶然的,况且,从毕业到现在,我所接触过的不少人,跟你们说的这些,刚好完全相反!"

"小乐,既然你明白一些所谓的种子理论,那我就再往下接着讲。"赫拉喝了一口茶,见我又准备拿笔记本,微笑着用眼神制止了我。

"种子,从种下去,到结成果实,是需要时间的,你今天拿了一粒西瓜子种下去,不会指望明天就能得到西瓜吧?"见到陈小乐不置可否,赫拉接着又说,"如果,我们在种西瓜之前,就种下了无数荆棘的种子,那么我们会先收获什么?西瓜吗?"

"当然是先获收荆棘!"见陈小乐不开口,我抢着回答了。

"你再仔细地想想,从你小时候懂事,到现在,你所想的、所说的、所做的,是自己想要得到,还是自己想要付出?即使偶尔的几次付出,比起那无量无边的索取,有可比性吗?如同你从懂事起,种下的,都是大把大把的野草的种子,某几天,突然开始撒下几粒鲜花的种子,那么,你不断收获的,难道是鲜花?

"给你讲一个故事,有个女孩,也是到我这里来喝过茶、聊过天,对我这套神叨叨的东西,听了似信非信,但她还是决定试试。有一回,她的一个朋友生病住院了,她想,这可是好机会,正好验证一下我教她的管不管用。于是，她买了一束鲜花，打的去医院看朋友，还给朋友准备了1000元，据她说，按照我的理论，她至少是种下了财富的种子和关爱的种子，这样做了，她就能收获财富和关爱。

"可是，她刚到病院门口，一下的士，身上背的包就被抢了，钱包、证件、银行卡、手机全没了，捧着一束花，身无分文地去看朋友，结果，不但没有给朋友钱，反而还跟朋友借了100元打的回家，这还不算，由于她的身份证是内地的，她必须先回内地补办身份证，而且还坐不了飞机，据她自己说，她已经有好多年都没有坐火车了。办好了新的身份证，再回来办那些证件和银行卡，极其麻烦。

"上次她到我这里，向我抱怨，她不行善还好好的，刚一开始行善，就倒霉！这是为什么？"

赫拉说到这里，没有接着说，喝了一口茶，目光转向我，从她的眼神我知道，她是希望我回答这个问题。

"我想，做任何一件事，都是在种下新的种子，同时，我们面临的任何一种情况或者环境，不管是好还是坏，都是以前种子成熟以后的自然呈现吧。"我第一次回答这种问题，有些不太自然，尽量模仿着赫拉的口气，"那个女孩，她被抢了，肯定是她以前抢过别人。她被别人抢，是她以前抢别人时，种下的那个种子成熟了的结果。"根据赫拉教我的，这应该是正确的而且是唯一的答案。

我在回答这个问题的时候，自己又产生了新的问题。

"不过，我有些不太能理解，女孩子的包被抢，是常有的事，难道那些女孩，以前都在街上去抢过别人的包？这点应该不太可能吧，还有，她是拿了1000元准备送给朋友的，但那个钱被抢走了，那么她的财富的种子，有没有种下？"

看得出，赫拉对我的回答非常满意。

"晓兰的问题问得非常好，首先回答你的第二个问题，那1000元虽然被别人抢走了，但她的财富种子肯定是种下了，因为种子是种在自己的心里，而不是种在别人身上，所以，当种子成熟时，也只有自己能感受到；自己的包被抢，那以前肯定是抢过别人的东西，但不一定是包，有可能是抢过别人的客户或者别人的男朋友，或者，在上公共汽车时，拼命抢到的一个座位，等等，所以，当自己遇到任何不愉快的时候，首先要想到的，不应该去埋怨别人，而是一定要先问问自己，这样的事，我以前是不是做过？"

"那么，是不是可以这样理解，当一件不愉快的事发生了，首先应该坦然地接受，告诉自己，又过了一劫，或者，自己的又一个负面种子消除了？"

赫拉没有回答，但非常肯定地点了点头，看到我们的茶杯都空了，又给我们添了些茶。

"有句老话，叫作：吃苦了苦，苦尽甘来；享福消福，福尽悲来，这句话，你外婆以前经常给你说，你根本听不进，现在，能听进了吗？"

我喝了一大口茶，拼命点头。

"孟子曾说过一句话：行有不得，反求诸己。意思是，当你做任何一件事，如果没有得到你所期望的结果时，一定要明白，问题一定出在自己身上，跟其他任何人都没有关系，你不是爱换QQ签名吗，把这句话送给你，做你的QQ签名，如何？"

三二、供养

见到陈小乐还是没有任何反应，赫拉笑了笑："小乐，我知道这些内容，你在学校禅修社的时候，大部分都了解过，你们也照着做了，但是没有任何效果，是吧？那么，我就说一些其他的，你回去就可以立即试验，而且可能很快就能见效的一些方法。

"我们在财富方面，种下的负面的种子太多，从小到大，不管是所作所为、语言还是意识方面，都是在不停地索取，好不容易捐了几次钱，一时半会也难见效。所以我们不妨找一些以前并没有种下过太多负面种子的项目，来测试一下。我的一些朋友，就曾经做过类似的试验，给你分享一下，好吗？"

陈小乐还是不开口，不过眼里的不屑好像是少了些，这部分的内容，赫拉以前也没有给我讲过，所以，我也十分好奇。

"这里说的，是一些不花什么代价的测试方法，不过，首先得准备一位你所尊敬的人，来接受你的馈赠。比如，晓兰会选择菩萨，她的老板，可能会选择神，你呢，如果谁都不信，就选择一个你崇拜的人吧，比如孔老夫子。

"你开车的时候，在进停车场时，只要一见到有空的车位，就想：你要将这个车位，用你的意念，送给孔老夫子，因为你自己以前，可能在空间争夺方面，应该没有太多的负面的种子，那么，可能就会非常快地得到应验，如果你愿意的话，回去就可以试试。下面，我来给你讲讲，我身边的一些朋友的经历。

"朋友A：不管他开不开车，只要一见到空的车位，就会想到要送给菩萨，后来据他自己说，他不管在任何地方，都不会缺车位，即使是在车位最最紧张的地方，自己一到，就肯定会有车让出来，而且感觉是人家在占着车位，特地等着他来似的。这样的事，在他身上，一再发生。

"朋友B：是乘公交车的，她是在自己有座位时，就尽可能地让座，后来她告诉我，不管有再多的人挤车，自己都会莫名地得到座位。

"朋友C：小有名气的摄影师，主要的客户是全国各地的房地产开发商，他的工作是为他们拍摄楼盘的相片用来做广告，而拍摄楼盘最要紧的就是天气，如果不是阳光明媚的日子，拍出来的效果就要大打折扣，如果云多、下雨光线不够，就无法拍了，要是在深圳还好，到了外地，为了等阳光，空耗一两个星期是常见的。后来，只要他一见到阳光，就拼命地感谢老天，再后来，他拍片时，遇到阳光灿烂的时候，就越来越多，最神奇的是，有次他去桂林拍片，头一天下飞机，天是阴沉沉的，第二天早上，还是没有任何好转，可当他快到拍摄现场的时候，密布在那个楼盘上空的云层，竟然开了一个洞，阳光从洞口射出，正好照着那个楼盘，当他刚刚一拍完，那个洞口就合拢了。

"朋友D：销售主管，他根据手下兄弟的性格，将他们分成两组作测试，一组，在自己平时买东西的时候，不管是什么东西，哪怕是几毛钱的葱花白菜，都拼命地讲价、压价；另一组则正好相反，如果不是太离谱，就绝不讲价，人家报多少，就给多少。大约在三个月以后，两组人员的客户就开始有了比较明显的变化，一组的，客户越来越刁，压价也越来越狠，甚至连一两元钱的运费差价，都会打二十多分钟的电话；另一组的，客户则是越来越好讲话，也不怎么压价了，不过，两组的销售额并没有发生明显的变化。

"朋友E：驴友，见到好风景就感谢老天，后来，到各地见到优美的风景是越来越多了，他上次跟我说，最近见到的好风景实在是太多了，他都有点审美疲劳了。

"朋友F：小公司的老板，以前手下的员工要请假，他基本上都是一律不准，用他的话来说，除非是死了人，否则别想请假，当然，他自己也是忙得要死。后来跟我聊过之后,回到公司,凡是有人请假,不管是什么理由,只要工作安排好了,一律准假,甚至有请一个月的假回老家相亲的,有请三个月的假回家复习考英语八级的,都统统准假。结果,在三个月后,在利润没有下滑的同时,他开始变得不那么忙了,半年后,他甚至可以给自己放假了,带着他的太太,去海外度假,一去就是一个月,回公司后,一切正常,后来,每年带着太太去海外一个月,成了他的惯例。

"朋友G:媒体从业人员,有机会接触到各类演出,经常不遗余力地送朋友各种免费券、赠券。前段时间,巴菲特和比尔·盖茨在北京举行慈善宴会之前,在深圳还有一场活动,她是巴菲特铁杆粉丝,但并没有获得邀请,在活动当晚,用她的话来说,由于一系列的奇迹,她不仅进了会场,还跟巴菲特握了手,合了影,这是很多获得邀请的人都得不到的殊荣,前几天,她还给我看了她跟巴菲特的合影。

"当然,给出之后的回报,也不一定是每个人都很开心地接受的,有些回报就挺让人无奈的。

"朋友H:他在坐飞机时,突发奇想,既然送什么得什么,那他就想着送架飞机给菩萨,不管是在机场接送朋友,还是自己坐飞机,他都拼命地这么想,想看看自己是否能真的得到一架飞机,结果,三四个月以后,飞机没有得到,但坐飞机的机会,却是比以前多了很多。问题是,飞机坐多了,也不是一件很愉快的事,有时一坐就是十几个小时,屁股都坐肿了,上次他来问我,他的馈赠是不是哪里出了问题,怎么会得到这样的结果?他甚至还犹豫,以后还用不用意念赠送飞机了?

"还是朋友H:当坐飞机已经不再是乐趣的时候,他在坐飞机时,都会将座位的靠背尽量往后放,身体半躺,腿尽量前伸,这样会更舒服一些,有一次,他从空姐手里接过一杯热咖啡,放在前面的小桌板上,还没有来得及喝,他前面的那位乘客突然猛的一下往后放下靠背,结果那杯咖啡翻倒,撒了他一身。他当时就明白,这不怪前面的乘客,而是他多次放靠背影响到后面乘客的种子成熟了,于是他当时就发愿,以后再也不往后面放靠背了。

"朋友I:喜欢喝茶,也喜欢买茶,各种各样的茶都买,还收藏普洱茶，而且特别喜欢送茶叶给朋友，我这儿的茶，基本上都是他送的，前段时间他来告诉我，朋友都知道他喜欢喝茶，最近给他送茶的朋友越来越多，他家的冰箱里，全部塞满了铁观音和绿茶，以至于连他太太买回的菜都没有地方放了，他家的储藏室里甚至是床底下，都是普洱茶，生的、熟的，沱茶、砖茶、饼茶，全有。他说，以他现在喝茶的速度，他的那些普洱茶，够他喝一辈子。问题是，他现在的茶，还在不断地增加，他说他现在已经不太敢再送别人茶叶了，送了，就会得到更多，而他已经没有地方放茶叶了，他又不愿意把它们卖掉。有一次，他又来给我送茶，然后不停地感慨，他以前为什么没有送钱给别人的习惯，否则的话……唉，那钱肯定是不会嫌多的。"

哈哈哈，我跟陈小乐都笑了起来，认识他那么久了，第一次见到他的笑容是那么灿烂。

赫拉给我们添了茶，然后接着说："类似的验证方式，还有很多，自己完全可以根据自己的实际情况来验证，这样的目的是什么呢？就是坚信：我付出的一定会有回报！而且是加倍地回报！

"被我一个老太婆忽悠了半天，虽然也能生出些信心，但这种信心长久不了的，只有通过自己的实践并且得到了相应的回报，这样的信心才会坚固！"

见到陈小乐那挑战的眼神似乎没有了，赫拉笑了笑，又接着说："再谈谈你的工作环境，你想说的肯定是，那些当官的、发财的，没有一个是用这种方法成功的，他们要么是关系硬，要么是家底厚，要么是路子宽，等等。而且，他们中的有些人所作所为，似乎也没有影响到他们的官运和财运，是吧？"

陈小乐还是没有表态，但那眼里的不信任已经消失了，坐着的姿势，也开始慢慢地向前倾，似乎有些洗耳恭听的味道了。

"那我们就反过来说，当官是需要福气的，当的官越大，需要的福气也就越大，你没有见过那些人是如何培植福气的，但你应该见过他们是如何折损自己的福气的吧？"

"哪些事，是折损福气的？"陈小乐终于开口了。

"官场上，最容易折损福气的，一是傲慢，二是财，三是色。当官的，多少有些傲慢，这是常见的。如果太傲慢了，是非常折损自己的福气的，最重要的，是拿了不该拿的钱，还有就是生活糜烂，这两点，是严重折损自己福气的行为，只要一沾上，自己的福气就会飞速下降，你看看那些出了事、进去了的官员，有几个是不喜好这些的？你要是不信，不妨去试试？"

"啊，我？我哪里有资格碰得到钱啊？那些生活糜烂什么的，更是跟我没有任何关系。"

"那你的意思是，等你有了资格，就会去做？"

陈小乐苦笑着摇了摇头，不做回答。

"一个副科的机会没有了，难道，它就真的没有了吗？"赫拉终于抛出了杀手锏。

陈小乐一震，身体微微晃了一下，目光已经变成了强烈的期待和渴求，我以前知道什么是财迷心窍，到现在才知道什么是官迷心窍，见陈小乐不开口，赫拉也不再说了，自顾自喝茶了，我知道，她在等陈小乐出口相求。

"哪里有？我该如何办？"看来官瘾大过了自尊。

赫拉笑了笑，放下了手中的茶杯："就像我刚才讲的，在种花之前，要先拔草，晓兰为什么会成功，很重要的一点，在于她为自己拔了不少的草！"

"那如何拔？"陈小乐已经有些急不可待了。

"首先，我们得先明白，当官需要什么样的福气？当官通常意味着自己的权力更大，也就是尊重自己的人会更多，那么，以前自己不尊重别人，尤其是不尊重自己的父母、老师和那些社会地位低下的人，都是严重折损福气的，也就是阻碍自己种花的最大的野草。还有，你没能完成上级给你的任务、给和自己竞争的同事拆台、使绊子等等这些，都是严重折损福气的行为，先要明白这一点！"

"然后呢？"从他的眼神看得出，这些事，他没少干。

"一，要非常、非常的后悔，你曾干过的这些事，后悔得越强烈，那些野草清理得越多，而且，次数越多越深刻，效果越好。

"二，要发誓，以后绝不再犯。

"三、你要想当官,最有效的办法,就是要帮助别人当官,帮助你的同事当官,尤其是要帮助你的老板升官!"

"我哪有那个能力?"陈小乐叫了起来,已经有些失态了。

"你记住,如果你能把你们老板派给你的任务,都能干净利索地完成,就是对他能升官的最大的帮助,想想看,如果能带出一帮精兵强将,他是不是脸上有光,也有升职的理由,如果他手下都是一群窝囊废,即使由于各种原因升了职,恐怕也坐不太稳吧?"

陈小乐点了点头,似乎是有些接受了。

"还有,绝对不要争功,也不要行事高调,更不要想着出名露脸,这些都是折损福气的。现实点说,如果有一帮兄弟,都爱表现自己,但有一个,从不主动表现自己,领导派的活,都能干净利索地完成,而且有上级问起时,他都说是领导指挥有方,他只是按照领导的安排去办,自己没有任何功劳,想想看,如果你是他们的老板,有机会时,你会提拔谁?"

陈小乐又点了点头,看得出,他是非常地接受了。

"在单位里,不管你的任何同事,哪怕是跟你有直接竞争的同事,如果有困难,你都主动地伸出援手,他们会如何对你?就好比这一次,如果你有哪位同事,能在你们老板亲自去摆平之前,及时地赶到那家塑胶厂,替你把事情搞定,那你会怎么对他?"

"我会感激他一辈子!"

"这就对了,那你以后会如何对你的同事?尤其是跟你有竞争关系的同事?"

陈小乐咬着嘴唇,轻轻地点了点头,说:"我知道了!"

"你非常孝顺你的父母,也非常照顾你的弟弟、妹妹,而且对那些社会地位低下的人,有强烈的同情心,这点,你一定要坚持,如果不是你的这些行为替你积攒的福气,那这一次,你可不是那么简单的几次批评就可以了事的。"

"是的,这次对我的处罚结果,比我预料的,要轻得多,我还以为是我们老板护犊子。"

"如果你没有福气,你们老板就是想护犊子,也护不了啊,去年年底那次,中巴车跟摩托车相撞,引发的群体事件,你的那位同事也没有及时到场,他是什么结果?难道你们老板不想护犊子吗?"

"那次的事,我们老板想护也护不住啊。"

"那为什么这次就护住了?"

"不知道,可能真的是我的福气吧。"

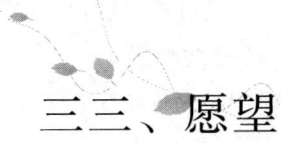

三三、愿望

"还有，晓兰为什么会这么快地获得了成功，还在于她有强烈的愿望，这也是一个相当重要的因素。"

"这个我知道，就是那些成功学、吸引力法则这些吧？"

"绝对不是，成功学、创富学、吸引力法则这些，不但没有丝毫帮助，而且是相当有害的！"

"为什么？"陈小乐吃惊不小。

"这些法则，总的有一个原则，那就是观想各种自己期望的东西，金钱、权利等等，如潮水般地向自己涌来，这跟种子原理正好相反，越是这样，那么，这所有的一切，就会离自己越远。你想想，天天想钱想得发疯，除了睡着了以外，无时无刻不在观想钱像潮水般向自己涌来的，是谁？"

"应该是那些社会的最底层，最穷的那些人吧。"

"那他们通过这种观想，发得了财吗？"

"肯定是发不了！"

"我们种下的种子，除了身体上的行为，比如直接给钱出去，还包括语言上的行为，比如真诚地对别人说：恭喜发财。你读过《俞净意公遇灶神记》，更应该明白，最重要的是自己在意念上的行为，首先就是要断除自己在意念里的一切不适当的念头，在此基础上，真心的希望别人发财，或者，想象将自己的财富馈赠给某个德高望重的人，总之，是希望

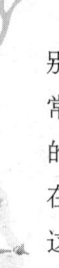

别人好,而不是希望自己好!也只有这样,才会真正有效。晓兰就是经常发愿,希望他们公司赚钱,希望他们老板发财,希望他们同事有更多的收入,正是她有这种强烈的愿望,加上她不停地付出,才成就了她现在。成功学、吸引力法则这些,种下的正好是相反的种子,只会让使用这种方法的人,更加远离自己的梦想。"

"那我们强烈地希望、祝愿别人发财,别人会不会因此而真的发财?"

"我们所有真诚的愿望都会产生力量,但那个被祝愿的人,什么时候真的能发财就不一定了。这取决于他自己是否有发财的种子,但是,真诚地、强烈地希望别人发财,却是直接为自己种下了发财的种子!这点跟吸引力法则,正好相反,明白了吗,小乐?"

"好像明白一些了。"

"那么,如果强烈地希望别人当不上副科长,强烈地希望别人在工作中出差错,出大事故,结果会如何呢,小乐?"这是赫拉的惯用风格,启发式提问,我已经相当习惯了。

"那自己就会当不上副科长,自己就会在工作中出差错,甚至是出大事故!但我还有一点不太明白,为什么负面愿望种下的种子成熟得特别快,而正面愿望种下的种子,成熟得特别慢?我以前也多次地希望别人成功、发财,为什么就没有成熟?"

"种子成熟得快与慢,跟正面、负面没有关系,很大程度上取决于你的动机,取决你的愿望的强烈程度!

"你想想,你希望别人成功、发财的愿望强烈,还是你希望你的竞争对手当不上副科长的愿望更强烈?"

"我明白了,赫拉阿姨,谢谢您!"他站了起来,向赫拉深深地鞠了一躬。

我恍然大悟,赫拉以前告诉我的:"我所有的快乐,都来自于我希望别人得到快乐!"原来并不仅仅只是一种心灵鸡汤,而是实实在在的鸡肉,大补!

"我有一个问题,憋好久了,一直没问,今天我要问问清楚。"我半天都没有说话,再不说说,嗓子会发霉的。

赫拉微笑着点了点头,给了一个鼓励的眼神。

"我觉得你教我们的这些，统统都是为了自己好，是一种更深层次的自私，我现在越来越觉得，如果我做的每件事，都在计较我将来会得到多少，这是不是太卑鄙了？那菩萨们为了利益众生而做的一切，都是为了他们自己而种下好的种子，他们因此会过得更好些吗？"我甚至有些觉得，赫拉那么耐心仔细地指导我们，也不过是为了她自己种下好的种子，然后她以后会过得更好一些。

赫拉的眼里并没有出现丝毫的不快，却流露出了异样的喜悦。

"晓兰，你知道吗？如果自己做的每一件事，都是百分之百地考虑到如何有益他人，而完全不考虑自己，这是一种非常伟大的智慧，跟良心或道德无关。

"在接触到传统智慧之前，我们考虑的都是如何才能最广泛的利益到自己，后来慢慢地知道了，要有益自己的唯一方法，就是要有益他人！当理解、相信这个道理后，我们就会去力行，由于我们不断地实践如何去利益别人，就会产生两个方面的作用，一方面，自己的福报会不断地增加，另一方面，自己反反复复地练习如何去帮助别人，习惯就会成了自然。

"不过也确实有一些人，他们在帮助别人时，是完全想到如何利益到别人，而根本没有考虑自己，但这对他们而言，是有选择性的，他们是在某个时间、因为某事而使某一类人受益，还没有达到无时无刻地去有益一切生命。当然，他们也是相当了不起的。"

"我还有一个问题，你刚才说的，这也不能学，那也不能学，是不是这市面上的所有与致富有关的，除了你的这些理论外，都不能学？MBA、教练技术、排列、各种各样的现代销售、管理，都不能学吗？"我虽然觉得赫拉教我的那些知识很有道理，难道除了她教的，其他的都有毒？

"不是的，一颗种子种下去之后，有两种情况，一种是听之任之，完全不管，另一种是细心照料、精心呵护，你认为，哪种情况下，收获会更好？还是都是一样的？"

"当然是后一种啦。"我不屑地回答道。

"财富的种子种下去之后，也是需要细心呵护的，比如，打工的要认真努力地工作；当老板的，要懂得管理和经营，至少要懂得找人来帮他管理公司；炒股的，要精通 K 线图；等等。这里面的每一种技术，当然都需要进行相关的学习，不过，有两点一定要注意：

"1. 如果你以前没有财富的种子，这些东西全部学得烂熟，你也不可能发财的。

"2. 学习所有的技术，有一个底限，如果他们的理论中，包含了违背种子理论的知识或者技术，那就是有害的，绝对不能学。比如：一切损害对手的方式，一切激发员工物质欲望的方式，都是不能学的。因为所有损害对手的那些招数，通常会在很快的时间里，加倍地回到自己身上来。现在很多的培训公司，教了他们学员不少损招，结果要不了多久，那些损招就开始通过种种方式，比如通过他们的竞争对手或者他们自己的员工，成倍地回到他们身上来，轻的，公司遇到的各种障碍、灾难一大堆；重的，公司倒闭，甚至还有老板进了监狱。你一定要记住：一个人能否发财，唯一取决于他是否有足够多的财富种子，绝对不取决于他有多高的欲望，欲望过高，会带来一系列非常麻烦的、难以解决的问题。"

"那你能否给我推荐一些管理方面的资料来学习？你教我的这些，是'道'，问题是，我现在想学些'术'方面的知识啊？"我现在的职务，貌似带了一个'总'字，尽管是副的。但我实在不知道如何将赫拉教我的这些智慧，去协助 Jacky 管理公司。

"我对现代企业的管理，一窍不通，不过倒是有些建议，首先是刚讲到的，绝对不能学违背种子理论、开发人的物质欲望的知识或者技术；其次，你要把你的下属当作为你们公司创造财富的恩人，而不是工具，这点，尤其重要；第三，你还要有良好的愿望：你努力工作，是为了你们公司能发财，你们老板能有更多的资金去帮助人，你们的员工能有更高的收入，等等，而不是为了你自己！如果能把握好这三点，市面上的那些管理的、销售的、业绩倍增的商业课程，你都可以根据你们公司实际的需要，去学习。"

哦，我点了点头，看来赫拉也不是万能的，也有她不知道的。不过她的这些建议，我会终生铭记的，如同她教我的其他的那些知识一样。

"还有……"赫拉倒掉了原先的茶，给我们都换上了我刚带来的茶，冲水，品尝，然后冲我笑着点了点头，我不知是感谢我给她买茶了，还是这茶真的不错。"你前段时间买了不少如何管人的书，那些书最好别看，都是些技巧、谋略类的，成不了大器的。"

"为什么？"看来凡是不是她教的，都是错的！

"古往今来，擅长谋略的，像孙膑、庞涓、诸葛亮、刘伯温等等，通常都很难善终的。"

"那又为什么？"她列的这些，都是我心目中的大人物。

"他们在行使计谋的时候，不可避免地种下了很多强烈的负面种子，而这些种子，一定会在他们身上成熟，不管他有多牛！"

"晓兰，还有小乐，我告诉你们一个当老大的秘诀，如果你们能终身力行，那你们就能越当越大！"

我倒没什么感觉，倒是陈小乐目放精光，嘴都有些张开了，我估计，再过一会，哈喇子就快流下来了。

"当老大，唯有德行与恩惠并重，才能财富与官运齐飞！首先是要品行端正，只有品行端正，你的手下才有可能从心底里服你，所以，要招到好的手下，要当一群牛人的老大，一定要自己有非常好的德行。"

"德行管什么用啊，有钱就行。"我又有些不屑了，但突然想到蔡总和Jacky了，他们不就是这样的人吗？

"晓兰，有两种情况，比如两家公司，给你的薪水都是两万，其中一个老板品行不端，经常拖欠供应商的货款，经常欺骗客户，另一个老板就是你们蔡总，你愿意跟谁？"

"我肯定愿意跟蔡总，别说是一样了，就是他给两万五，我也不会跟他的。不过，如果给到三万，我可能会考虑。"这是实话。

"所以，要当好老大，除了要有德行外，还要给手下好处。如果两点都具备，那你那些谋略的书，就可以统统地扔掉，不学那些，你一样能财富与好运齐飞。"

我在公司的职位，基本上已经快到头了，对这些，兴趣不是太大，但发现陈小乐却相当有兴趣，这个官迷！

"小乐，你的妹妹最近是不是不太听话啊？"赫拉转过头向陈小乐问道。

"是的，我妹妹品学兼优，以前很听话，跟我的关系非常好，可是现在不太听话了，我的话也不听了。"陈小乐对赫拉洞悉一切的本领已经不感到意外了。

"你妹妹要考中专，坚决不考高中，那是因为她要报考的中专，是可以半工半读的，考上了，她就能自己养活自己，她不想再增加你和父母的负担，她考上高中后再考上大学，那是一笔巨大的负担。况且她还有一个读高三的二哥，她是想省下钱来，好让她的二哥能上大学，这是她的真实想法，但她却不愿意告诉任何人，这点，你们三兄妹都是一样的。"

我发现陈小乐的眼眶瞬间充满了泪水，他在拼命地忍住，不让它们掉下来。

"你一定要让你妹妹上高中，考大学，她以后的成就，不会亚于晓兰的。"

"我会的，我会的！"他咬住嘴唇，拼命地点头。

我被震撼了，想不到他们兄妹竟然如此的坚强，偷偷地转过身擦了擦眼角，不想让陈小乐发现我已经热泪盈眶。

"小乐，我愿意资助你的弟弟、妹妹读书，直到他们大学毕业！"我觉得我应该能为他们做点什么。

"不，谢谢！"陈小乐轻轻地、但非常坚定地拒绝了我，一双泪眼充满了感激。

"赫拉阿姨，我还有一个问题，我的一个朋友，前段时间开车出了事，他在车上放了护身符的，怎么会出事呢？晓兰不是说她的护身符救了她一命，护身符到底管不管用？"

"护身符有好多种，不是每种都管用的。不过，我可以教你一个开百年平安车的方法。每台车在出厂的时候，都会配上一个反光的红色三角警示牌，当汽车在行驶过程中出了故障、事故或者其他原因停了车，就把这个三角警示牌放在车后两三百米的地方，提醒后面的来车。但由于种种原因，现在好多车都没有这个三角牌了。"

"是的，是的，我的那台破车就没有。"陈小乐赶忙回答。

"在公路上，尤其是高速公路上停车，后面的车如果速度太快来不及反应而撞上去的事故,每年都会有很多,也有很多人因此失去生命。如果你能买一些这种三角警示牌放在你的车上,在路上见有人停车,如果他的车后没有放三角警示牌,你在保证自己安全的前提下送一个给他,那么就有可能救他的命,同时也是为你种下一颗非常有效的安全行车的种子。记住:买三角警示牌时,一定要买质量好的,因为有些质量不好的三角警示牌,反光效果不好,起不到警示的作用。如果你的车上能放一些三角警示牌,时刻准备着救别人,那么它们既是别人的护身符,更是你自己最好的护身符!"

"那如果我买了一箱,但一个都没有送出去,有用吗?"

"你买了一箱放在车上,即使你一个都没有送出去,只要你时时都会想起,我有一箱三角警示牌,我要用它来救别人的命,那么,即使你一个没送出去,也在为自己种下了无边的安全的种子!"

"我明白了,回去后我马上就去买一箱质量好的放在我的车上。我还有最后一个问题,我女朋友刚去了日本读书,最近半年我们相处得不太好,现在海天相隔的,更是……您说我该一直守着这段感情吗?"

赫拉犹豫了一下,似乎在斟酌词句,然后缓缓地说:"晓兰近来也是在问我一些关于伴侣的问题,我要告诉你们的是,这个世界的一切都是在不断变化的,任何一份合理合法的情感都是应该去好好珍惜的,这叫惜缘;但正因为一切都是在不断变化的,失去的时候也不必执着,这叫随缘。到底你们会最终拥有什么样的伴侣,这还是取决于你们各自种下的相关的种子,不相应的种子、不相应的缘,强扭也扭不到一起;相应的种子、相应的缘分,该聚首的终归会聚首。"这番话似乎是在说给小乐听,又似乎是在说给我听,我正细细品味呢,但陈小乐却忽然幡然醒悟似的,长长地舒了一口气,站起来又向赫拉深深地鞠了一躬,说了一句奇怪的话:"我知道了,谢谢赫拉阿姨!"

三四、为民

回去的路上,我想起了一件奇怪的事,赫拉竟然没有向陈小乐推荐任何书,这个老太婆怎么那么奇怪?在我看来,她是不会放弃任何机会宣传她的理论的,这次似乎已经把陈小乐的兴趣提了起来,为何又放过了他,是忘记疏忽了,还是另有深意?

"陈小乐,赫拉刚一见你,说的那堆话一下子就把你唬住了,那是什么意思啊?"

"我的工作捅了娄子,老板把我叫进他办公室发飙时,讲的就是那些话,我是真的被唬住了。那天办公室里就只有我跟他两人,其他任何人都不知道的。"

"你不是说你们老板喜欢护犊子吗,怎么又会发飙?"

"他是在他的老板面前护犊子,私下里对我们是非常严格的。"

"他还有老板?"

"当然,他老板对他,比他对我们还要凶。"

"那你们老板平时都在干啥,是不是天天陪人喝酒?"

"胡扯,他忙得要死,我们的那个片区,一切有可能引发社会不稳定的因素,他都得管!"

"都有哪些啊?"

"比如说,前段时间经常发生校园凶案,那学校周围的安全就成了我们老板最重要的工作,那段时间他就忙得不可开交,职校、中小学、幼儿园的安全就是重中之重，什么附近的黑网吧、社会青年向学生收保护费、校门口车辆乱放、无照经营的小摊小贩、销售不合卫生标准的食物等等，都要一一排查，解除安全隐患。最让我们郁闷的，竟然是在那个片区内，有一户人家，是本地的居民，家里有一个抑郁症病人，我们老板害怕他会出状况，在学生们上学放学时，专门派一个人去盯住他们家，有一天我当值，下午四点多，刚好是放学的时候，我见那人出来了，马上报告老板，老板一边问他有没有带什么东西，一面叫我盯紧了，千万千万别出事，万一有什么动静，黄继光、董存瑞、邱少云他们是怎么办的，我就怎么办！一边带人过来火速增援，可是屁事没有，人家只是打酱油的，把我吓了个半死，事后我们老板说，当年他儿子读书的时候，他都没有这么操心过。前段时间，有人在网上发帖，说是要杀100个小学生，我们老板，老板的老板，都快急疯了，我们更是被弄得鸡飞狗跳的，直到那人被抓，才松了口气，昨天听说，判了两年多。"

我不知道那些当官的，竟然也这么不容易，也开始觉得他们好像也挺辛苦的。

"那除了这些，还有什么？"

"多了去了，比如，积极配合职能部门，加强打击违法犯罪的力度，确保政府机关安全稳定，为片区内企事业单位的正常工作和生活提供可靠的安全保障；不发生可防性非正常死亡特别是群死群伤安全责任事故；不发生大的火灾；不发生重特大刑事案件；不发生邪教反动宣传等非法活动；不发生饮水和食物中毒事故；不发生罢工，集体上访等群体性闹事事件；不发生聚众斗殴伤亡或自残，自杀，暴力恐怖恶性事件；不发生其他严重影响政府机关稳定、声誉的安全责任事故或事件；等等。"

"我的天，这一大段绕口令，你怎么会背得那么熟？"

"这些对我们来说，就是乘法九九表，不然哪能吃这碗饭？这段时间又在学习沈阳经验做好深圳信访维稳工作，又是一大堆要背的，还有各种各样的应急预案，不光要滚瓜烂熟，一旦发生紧急事件，还要懂得如何操作，绝对不能出半点差错，否则……"

"否则什么？你们老板会把你超度？"我想起他上次曾说过类似的话。

"是的，到时我就只有跟你混了。"

陈小乐是当官的料，我确实相信术业有专攻这句话是相当有道理的。

"你们老板这个人到底怎么样，看你对他又怕又恨的？"

"我不恨他啊，如果我在他的那个位置上，也是一样的，我们有一句俗话叫作：屁股决定脑袋！你坐在什么位置上，就得按照那个位置的要求去说、去做，否则，那个位置你就坐不长。前几天他还说，从现在开始，到大运会结束，如果我们片区内不出现任何状况，他就拿出他两个月所有的工资和奖金，全部给我们喝酒。"

"这不是反了吗？老板拍马仔的马屁？"

"不是的，他是怕出事，真怕出事。"

唉，幸好我没有走仕途，这官没有我想的那么好当，他们老板要操心的事，比我们蔡总要操心的事，多了无数倍，就连陈小乐要操心的，也远远比我要多得多。

"你那天到底是犯了啥事？"

陈小乐犹豫了一下，张了张嘴，没开口。

"算了，要是什么见不得人的事，就不用说了。"

陈小乐回过头，看着我很奇怪地笑了笑："大小姐，您老人家什么时候也去接受过沟通技巧之类的心理培训？关公门前耍大刀啊，用这种小把戏来对付我？"

我尴尬地笑了笑，没理他。

"其实也不是什么见不得人的事，确实是运气出了问题。上个月，我女朋友要去日本读书，本来是从香港转机的，天知道哪个环节出了什么问题，改成了从深圳直飞东京，那天我值班，我要她自己打的去机场算了，但她死活不肯，一定要我送，当时我的车刚出了同乐关上了高速，就接到电话，有一家塑胶厂出了事，三个股东扯皮、分家，各自找人把工厂值钱的东西搬走，工人的工资没发，三个老板不见了，工人们不知道怎么办，叫我赶紧回去处理，我根本不敢说我去机场送人，就说我马上到。那天真的是遇到鬼了，别说我上了高速根本调不了头，那高速路上竟然有三起追尾事故，塞得要死。回来的时候，又赶上北环修路，正在铺沥青，又是塞得要死。这期间，我打了N个电话也接了N个电话，希望我的同事能过去先帮我顶一下，结果大家都有事走不开，按常规，我们是'谁主管、谁负责'和'属地管理'的原则,那一片明确是我负责、责任早就落实了的,所以一有情况我就必须迅速行动,等我最终赶到的时候……是我们老板亲自去摆平的,唉,那家塑胶厂,我们前个月治安隐患排查的时候,没有发现任何问题啊,马上就是大运会了,谁知道竟然出了这么大的娄子。"

"怎么了?"

"唉,算了,不说了。"

"那副科又是怎么回事啊?"

"我们最近有一个副科的缺,我是很有把握的,老板也给我暗示过,要我好好地干,但出了这事,就黄了,下次的机会,又不知猴年马月了。"

"赫拉不是说还有吗,你不信?"

"信是信,但我根本就没有发现啊!"

"你的工作我不太了解,不过,我确实是按照赫拉说的,取得了效果,死马当活马医吧,不妨试试?"

回到宿舍后,不由得又对陈小乐三兄妹大为感慨一番,要是我生在那样的家庭,要是我就是他的妹妹,我会像她那样通情达理、顾全大局,为了整体而牺牲自己的利益吗?以前肯定是做不到,但现在呢?不知道!现在自己在发愿的时候,想得多好多好,如果真的落到了自己的头上,又会是怎样一个我?还会是现在貌似善良、貌似高尚的一个我吗?

但回过头又想一想,我刚见赫拉时,是想转运,所以才被迫开始行善,不过今天经赫拉一说,发现近来我在做不少事的时候,确实是完全的希望别人好,根本就没有丝毫的考虑到我自己以后会得到什么样的利益,这应该是一种进步吧,给自己一个掌声,嘎嘎!或者真的有那么一天,我所做的一切,以及我唯一的愿望,就是希望所有的生命都离开一切痛苦,得到永恒的快乐,嘎嘎!

噫,不对,如果真的到了那个境界,按照赫拉的说法,那我岂不是就成了菩萨?她不是曾经说过,说不定哪天我会发现自己,真的就是一位菩萨,不知道到了那么一天,我会不会飞?我还要不要吃饭?我还需不需要嫁人?

什么才是永恒的快乐,我并不十分明白,我就没有发现什么东西是永恒的,当初以为没有郭天宇我会死,前段时间小死了一回,不也活了过来?现在发现陈小乐也不错,虽然他没钱,也有很多地方比不上郭天宇,但我觉得如果陈小乐做我的男朋友也是挺好的,唉,为什么我看上的,都是那些有主的?那些单身的优秀男人,是不是都死绝了?

时间一天天过去,工作已经比较顺利,在Jacky和我的带动下,公司总体呈现出积极向上的势头,Jacky的运气好,是因为他不断地无偿付出,我的运气也不差,也是因为我的类似的行为。即使我已经当上了副总,可还继续做设计部的优乐美,大部分的身教,加上小部分的言传,也让公司的不少骨干、尤其是几个销售部门的负责人,都变得相当愿意付出,总的来说,全公司形势一片大好,当年毛爷爷提的"全国山河一片红",差不多就是这个味道了。蔡总已经很少来公司了,听说他在筹建一个什么基金会,可惜我帮不上什么忙。

Jacky也已经意识到我跟他的信仰差别,不再让我跟他去教堂了,我看得出他对我以及我的信仰的尊重,这点让我十分感激,我一直认为,他和蔡总都是神的使者,这点,我坚信不疑。

一天下午,接到了陈小乐的电话,这让我有些奇怪,上次去过赫拉那里之后,我们偶尔会在Q上打个招呼,却从没有打过电话,连短信也没有。

"晓兰,我信了,赫拉说的,肯定是对的。"他的语气相当兴奋,甚至有些上气不接下气。

"你又去了梧桐山?"

"不,我现在在莲花山,在邓小平的像下面,我见到了他说的一句话:我是中国人民的儿子,我深深地爱着我的祖国和人民!"

"你也是中国人民的儿子啊,你也可以深深地爱着你的祖国和人民啊。"不等他说完,我就打断了他。

"不是的,不是的,邓小平三落三起之后,建立了不朽的功勋,这在人类历史上是绝无仅有的,你知道为什么吗?"

"不知道!"

"他的心里百分之百地装着国家和人民,愿意为之付出一切,所以就取得了巨大的成就,跟赫拉说的,不谋而合。"

三五、火花

　　陈小乐是找到他的目标了,可我的目标在哪里呢?我又害怕给老妈打电话了,她是真的急了,在催着我嫁人了,看来真的是变天了,想当年只要我跟哪个男生稍微地近了一点点,她就如临大敌,前几天我还认真地告诉老妈,早知你闺女现在嫁不出去,当初放松点,说不定早抱上外孙了。昨天接到了老爸的电话,认真地跟我说了这事,我才真的有些急了,任何一件事,如果轮到我老爸出面,那就是大件事了。

　　赫拉教的赚钱方法,在我身上很快就应验了,但为什么教的找男朋友方法,我都非常认真地去做了,甚至比当时我想发财时做的那些还要认真,但还是没有任何效果?赫拉说的,肯定没有错,错的,一定在我!找男朋友的方法,跟赚钱的方法,原理是一样的,我肯定是哪个环节没有搞好。

　　仔细想来,肯定是跟郭天宇那三年多的孽缘,让我在这方面种下了无边的负面的种子,导致我正面的种子一直无法成熟。我重新调整了每天早上静坐时的观想内容,首先是非常非常地忏悔那段孽缘,然后发誓绝对不再犯那种愚蠢的错误,再强烈地发愿,愿天下所有的人,都能远离一切不合伦理道德的恋情,都能得到属于自己的真正幸福!

　　半年多来,关心我的终身大事的人越来越多,从已经离职的 Connie 到 Jacky,师姐和一些朋友,都在给我介绍男朋友,我已经被相亲超过二

十次了，但是统统没感觉，我不知道我在等什么，或者是在期盼着什么，不知郭天宇现在怎么样了，真的是已经彻底收心了吗？还有，陈小乐的计划实施得如何了，他的女朋友还在不在？

正想在 Q 上问问他，赫拉的那一套对他管不管用？却发现他的 QQ 签名已经换成：曾经有个人，跟她擦出了火花，却把衣服都烧着了；另外一个人，衣服都擦破了，却没有擦出火花。这不由得让我心头大震，曾经的那个人，难道是指他的女朋友？而另一个人，是指我吗？

我的心开始狂跳，立即将我的签名换成：换件衣服，再试试？

我不知我是不是在自作多情，如果他想的是其他的人，那我岂不是羞死了？暗自决定，如果明天他还没有任何反应，我就赶紧将这签名换掉。第二天，一大早，我就打开电脑上 Q，这是我从未有过的习惯，他的签名已经换成：已经穿上了新衣，可是不知从哪儿开始？

我一片空白，蒙了。

午休时，打开 Q，发现他早上就给我发来一个链接，但人却没有在线。打开那个链接，是一篇新闻稿，"深圳市临海区十佳人民满意公务员评选：为进一步加强机关效能建设，引导全区公务员（机关工作人员）强化宗旨观念、群众观念、公仆意识，改进服务方式、规范服务行为，提高机关工作效率和服务质量，树立党政机关良好形象，进一步密切党和政府与人民群众的联系，激励全区公务员（机关工作人员）积极投身'迎大运、树新风'的大潮，区委、区政府于 6 月中旬以来在全区公务员（机关工作人员）中开展了评选'十佳人民满意公务员'活动。通过各级党组织和广大干部群众的积极参与，在广泛推荐、严格考察、认真公示、民主评选的基础上，投票产生了 27 位候选人……"

我发现，第 17 位，是陈小乐。

看来，他成功了！

我在百度上查陈小乐，应该能查到他的光荣事迹，一查，两万五千多个结果；缩小范围，"深圳市临海区　维稳办　陈小乐"，再查，果然，找到了一篇他的专访。在那篇文章里，全是对陈小乐的赞美，"……接到领导指派的调查任务后，他心情十分沉重。从贫困山区走出的他，深深了解那些弱势群体生存的艰难不易。政府的关爱和威信岂容践踏，群众的疾苦怎能坐视不管。怀着高度的责任感，陈小乐多次孤身深入调查，在其他职能部门的配合下，不仅抓到了逃逸的无良老板，还全额补发了工人们所欠的工资……半年多的时间里，他放弃了所有的休息日，在同事们的配合下，将片区内的所有重点区域，尤其是学校及其周边的治安隐患，重新进行全面排查，共排查出各类隐患78项，按照区域、单位名称、存在不稳定因素、治安隐患、计划整治措施、计划完成时间、涉及部门（单位）等重新进行规划……在采访陈小乐时，他显得极为低调，一再强调，那是领导的统一安排，他仅仅只是奉命办事，而且，他做的那些事，全都是在同事的大力协助下完成的，并且详细地说明了，哪件事是哪个或哪几个同事完成的，记者发现，在陈小乐的介绍中，他竟然没有提到一件是他自己完成的。"

虽然这个结果是我预料中的，赫拉说的，肯定不会有错，但，这似乎也太快了点吧？

我接到了他的短信："以前欠你的两顿饭，只兑现了一顿，晚上有空吗？"

下班的时候，他已经等在了楼下，而且他竟然穿着一件崭新的"深圳义工联"的红T恤！奇怪，我也是深圳义工联的，怎么从来就没有见过他？在我惊讶的目光中，他只是灿烂地笑着，没有说话，然后，扬手拦下了一部的士。

"你的皮卡呢？那个三角警示牌，你买了没有？"

"今天没打算行政执法，准备温柔执法，不用开它了。那个三角警示牌，我已经送出去两箱多了，现在车上还有半箱。每箱20个，差不多送了50个出去了。

"有次在广深高速虎背山隧道里，有一台车坏了，开车的是一个女的，当时车不多，所以通过隧道的车速度都比较快，我的车是快要到跟前才发现她在拼命地挥手，不知她是在提醒其他的车不要撞上，还是在求救。她的车是黑色的，打着双闪，她自己穿的也是黑裙子，不醒目，停的位置刚好又是弯道上，我都差点撞上了。当时我送了一个三角警示牌给她，还帮她放在她车后两三百米的地方，叫她千万不要站在车后，也不要坐在车里，太危险，让她换个安全的地方，等待救援。还给她留了电话,如果她还需要什么帮助,等我办完了事,再回来帮她。"

"哦,真会怜香惜玉啊。"我发现自己酸溜溜的。

陈小乐没有笑,轻轻地摇了摇头,说:

"你知道吗?半小时后,她来电话,说有一辆车转弯时速度过快,看到那个三角警示牌的时候,已经来不及反应,直接就把它撞飞了,也正因为撞倒了三角警示牌,才开始急刹车,停下来的时候,离她的车,不到一米。如果没有在二百多米的地方放上那个三角警示牌,如果那个司机不是因为撞飞了那个三角警示牌而急刹车,如果她还在刚才的位置上站着……她给我打电话的时候,有些魂不守舍,声音在发抖,不停地哭,她说那刺耳的急刹车的声音和地上那一条长长的刹车痕迹,她永远都忘不了。"

"哇噻,那你岂不是救了一条命?"

"哪里只是救了一条命,那是救了一个家庭!就好像要是我出了事,那我家岂不是就塌了?而且,这也是救了那个差点肇事司机的一家!我把这件事,告诉了我所有有车的和准备买车的同事和朋友,然后,要他们都在自己的车上放一箱质量好的三角警示牌,随时准备救命。而且,我又买了十箱质量好的三角警示牌,只要他们愿意放在车上去救人,我就免费送给他们。但我没跟他们讲护身符的事,怕他们接受不了。"

我被他强烈地感染了,暗自发誓,如果以后我买了车,一定要在我的车里放一箱质量好的三角警示牌,随时准备拯救别人。

在的士后座上,他伸过了手,轻轻地握住了我的手,我没有反应,害怕会把他吓跑了。

"你的女朋友呢?"我不想再次卷入感情漩涡。

"早分了,上次从赫拉阿姨那儿出来后,就分了。"

"啊,为什么?"

"赫拉阿姨当时告诉我种子不相应、缘分不相应时,强扭也扭不到一块,世事多变,失去时也不必执着,所以,就慢慢地淡了、疏远了、结束了。"

"那你怎么知道,你和我就是种子相应、缘分相应呢?"

"赫拉阿姨说那番话时,我已经感觉到和你早已有着许多相应,这半年我是越来越认可赫拉阿姨告诉我的道理,也越来越认可你种下的那些既能有益自己,又有益他人的种子,所以我就努力的让我的种子和你更相应,你看……"他指指自己的红T恤,"我也加入组织了。"

我想起来了,陈小乐当时那幡然醒悟,长长地舒了一口气的神态。

"那你……嗯……为什么现在才来找我?"这个讨厌的家伙,哪里知道我这半年过得有多苦,啊,我明白了,这半年我一直都在清除自己在感情方面的负面种子,现在好像是清理得差不多了,如果没清完的话,陈小乐不知还要多久才会来找我。

"因为当时是我最低谷的时候,我还没有足够的信心,不管是对自己、对你、对赫拉阿姨,都还没有足够的信心。"

"那现在你的信心足够了?"

"是的,那个副科的缺,老板当时虽然没有给我,但也没给其他人,现在想起来,他应该是想等那件事慢慢平息了之后,我再做些成绩出来,到其他人没什么好说的时候,再给我。"

"所以,记者采访你的时候,你就狂说是领导的安排,同事的帮助?"他奇怪地看了我一眼,心满意足地说:"嘿嘿,你也在关心着我啊?"

"升副科了?"

"是的,不光是升了副科,而且,还有这个……"说着,他从口袋里掏出了一个小小的心形的首饰盒,不用说,那里面装的肯定是戒指。

"啊……"我抽出了被他紧握的手,"陈小乐,你也太快了,你怎么能这样?!"

"赫拉阿姨说的,肯定没有错!她一定会祝福我们的,不信你去问她。"他抓过我的手,将戒指盒硬塞到我手里,虽然我手里在推辞着,心里却暗想,这个笨蛋,干吗不拿出来,直接帮我戴上,也不知尺寸合不合适,式样我喜不喜欢?

三六、众生

几个月后,我们来看赫拉,陈小乐说,他答应过赫拉,要请她喝喜酒的。赫拉肯定知道我们会来,她肯定还会坐在那里等我们,或许,她还会再教我们一些新的知识。我已经意识到佛教的广博精深,我所学到的,连九牛的一根毛都比不上,我已经很懂得分辨普洱茶、铁观音、绿茶、红茶的好坏,这次,我每样都准备了一些,她一定会很喜欢。

当我们到了梧桐山脚下时,赫拉并没有在,她住的小木屋也没了。甚至,在原来小木屋的地方,是一个小山坡,根本不可能建房子,就连放桌子的地方都没有,问了许多当地的村民,他们说已经在这里生活了好几十年,从来没有听过,更没有见过,有一个叫赫拉的老太太;许医生夫妇还在,他们还认得我,他们也没有听说过赫拉,病人依然是那样的多,他们依然是那样的忙碌,他们,还是免费服务……

陈小乐是一个计划性很强的人,也很讲究效率,看来应该是职业养成的习惯。他想把我们的婚礼放在寒假,好让他已经上了大学的弟弟和读高中的妹妹都来参加,对于他的这些计划,我统统支持,我唯一要坚持的是,我要举办一场佛教婚礼,以此来报答赫拉和她教我的一切。陈小乐不愿意,他说他是政府工作人员,又是党员,而且那天可能会有领导和不少同事会来,如果跟宗教混在一起,怕他们不适应。

啊,我终于明白了,为何赫拉没有给陈小乐任何资料,那不是疏忽或者是忘了,是怕陈小乐不适应,想起赫拉,忍不住想掉泪。

在我的一再坚持下，陈小乐说回去问问老板，看他怎么说。谁知陈小乐的老板，倒是相当的开明，他说深圳的佛教界，是爱国爱教的典范，是维持社会稳定的重要组成部分，而且，参加佛教婚礼并不意味着参加的人，都得皈依佛门，他个人不反对陈小乐举办佛教婚礼，OK，障碍没有了。

经过一番精心的策划，我们决定将婚礼安排在深圳东部华侨城大华兴寺下面的斋菜馆里，请了一家以传统文化为主的婚庆公司来负责我们的婚礼。

我的父母、舅舅、小姨，陈小乐的父母和他的弟弟妹妹，还有我们各自的朋友、同事，差不多有100号人来参加，可惜陈小乐的老板没来，说是临时有事要去处理，让同事带了一个大红包，事后才知道，那是他两个月的工资和奖金，原计划是拿来请大家喝酒的，现在给陈小乐，请大家吃斋了。

我老爸老妈对陈小乐好得不得了，都说一个女婿半个儿，我看是比亲儿子还亲了，连我这亲闺女都不太搭理了，不过陈小乐的父母对我相当的满意，她妈妈拉着我的手一直不肯放，不停地掉泪，不停地说，她终于盼来了这一天。他的弟弟和妹妹确实是优秀，我丝毫不怀疑他们有朝一日会像他们的哥哥一样出人头地，现在是一家人了，我跟陈小乐完全有能力供他们念完大学。

他的那帮同事，都嘻嘻哈哈地叫我三嫂，我不太明白为何如此称呼？陈小乐排行老大，他的弟弟和妹妹都叫我大嫂，为何他们叫我三嫂？后来陈小乐不得不很尴尬地解释，他们老板看了他上次在模具厂，又是指天又是骂娘的那段录像（这是他们每次执法后的例牌菜），把他教训了一顿，说他们需要的是文明执法的公务员，而不是他这种"草包三郎"。后来他的同事们，比他大的都叫他老三，比他小的，则称他为三哥，所以，我就成了三嫂。恍然想起在电影院里那个让我泣不成声的虚拟的三哥，当时我就曾想，我愿意穿越时空去写那个革命教材，难道这一切自有天意。

中国佛教协会副主席、深圳弘法寺方丈印顺大和尚，亲临现场，为我们证婚、祈福："我非常高兴今天能够参加你们二位的佛化婚礼，我也

很高兴地看到你们真的非常有福报。你们的爸爸妈妈、你们这么多的亲朋好友，为你们今天相聚在这里，这么多人因为爱和祝福而在这里相聚！

"你们不光是有来自亲朋好友的祝福，更有十方诸佛菩萨的加被和祝福。从这个意义上来说，你们比很多的新人更幸运，更有福报。

"有这么多的祝福，有这么多人的爱汇集在一起，我觉得任何的困难、任何的不如意，都可以过去。也非常感谢你们，让大家在这一刻，感受到了温暖和幸福。我们对新郎新娘的祝福和爱，也会传递给身边的每一个人，我们的每一个人都要对他们表示感谢，祝福大家……"

那天晚上，我做了一个梦，见到一个非常可爱的四五岁的小男孩，他向我磕了三个头，慢慢地消失了，我清楚地记得，在梦中，他穿着一件非常好看的衣服……

我还见到了赫拉，她向我们表达了祝福，并笑着问我，你们小两口在婚礼上，不停地感谢父母、感谢领导、感谢这个、感谢那个，怎么就没听到你们感谢媒人啊？

我泪流满面地说，我不知如何报答她，赫拉说，如果我这一生，无论做任何事情，都会想到是为了利益一切生命，那就是对她的最好的报答。

在梦中，我听见自己在默默地念着：愿以此功德，普及于一切，我等与众生，福慧双收，吉祥如意……

后记

感谢您，已经读到了这里。

您肯定已经发现，作者其实是一个生手，文字青涩、结构不严、详略不当，尤其是说教的倾向极为明显……对于您的包容，作者向您鞠躬了。如果您愿意帮着完善这些不足的话，作者更是感恩不尽。

您的智慧之旅已经暂告一段落了，或许您还回味着小说的情节，关心着主人公的命运，其实，这些并不重要，他们都只是一个载体，这本书最主要的目的，是想要向您传递已经流传了二千多年的不朽的智慧，在此，作者对您有一些建议。

这本书值得您多读几遍，如果您愿意，您可以找一支彩色笔，把散落在书中各处的智慧一一画出，然后，反反复复地阅读，您肯定会有新的感悟。

尽管这是一部小说，但更希望您能把它当成一本实践传统智慧的操作手册，根据以往的经验，不少朋友在接触到这些伟大的智慧后，通常是看着激动、想想感动，然后，没多久，就一动不动了。所以，希望您不断地去实践，直到您的命运发生质的改变。

如果您确实觉得这本书不错，可能会对您的家人、朋友有帮助，那么就请您推荐给他们看，他们因此而种下的善根，也会有您的一份，当然，他们将要收获的善果，也肯定有您的一份。因为，在任何一个完整的事件中，只要参与了其中任何一个环节，就能得到整个事件所产生的全部种子，无论是善的，还是恶的。

作者更期待着您的分享，您在学习了这些传统智慧后，自己是如何实践的，自己的命运发生了哪些改变，您遇到了哪些困惑……都希望您能告诉我们，当这本书再版的时候，说不定，您的经历就会出现在书中，能够使更多的人受益。

如何跟我们联系？您可以上专为本书开通的博客，或者，您也可以直接给作者发邮件。

Email：36508@QQ.com

一乘官网： https://www.estbc.org

我已经尽了很大的努力，来传播自己所学到的智慧，如果有任何不正确或者错误的地方，希望能得到大家的谅解和宽恕。若愿意进一步学习传统文化，请关注"一乘"官网。

在本书写作的过程中，得到了我的老师们、同学和很多朋友的大力支持，他们帮我完善章节、补充内容、修改错别字，积极向人推荐书稿、促成出版发行、甚至，还帮我筹款……我无以为报，唯以创作本书所有的功德，全部回向给你们，以及我的父母、亲人和一切的生命，愿你们身体健康，所愿皆成！

水青

2010－12－12　子夜　于深圳

2021－9－1　　修改于深圳